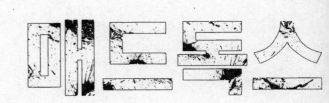

매드독스 9권

초판1쇄 펴냄 | 2017년 07월 28일

지은이 | 까마귀
발행인 | 성열관

펴낸곳 | 어울림 출판사
출판등록 / 2009년 1월 23일 제313-2009-12호
주소 / 경기도 고양시 일산동구 장항동 731 동하넥서스빌딩 307호
TEL / 031-919-0122
FAX / 031-919-0127
E-mail / 5ullim@hanmail.net

Copyright ⓒ2017 까마귀
값 8,000원

ISBN 978-89-992-4149-9 (04810)
ISBN 978-89-992-3821-5 (SET)

OULIMMODERNFANTASY

매드독스

9

현대판타지 장편소설

얼울림

목차

필독

본 소설에 등장인물과 사건 및 특정용어에 대해선 현실과 전혀 무관합니다. 오로지 작가의 머릿속에서 나온 상상력이니 오해가 없으시길 부탁드립니다.

잊지 못할 차가운 시선

우우우우우웅!

해외 외부 서버로 연결된 기기들은 바쁘게 돌아갔다.

이지후가 준비해둔 수십 곳을 잔뜩 경유해 IIS로 들어갈 것이다.

"이 정도면 놔둬도 되나?"

내용을 살펴볼 시간은 없었다. 그래서 이지후에게 원격 조종을 맡겨 놓고 감시카메라 화면만 지속적으로 확인했다. 지금 상황을 들켰는지 확인해야만 했다.

물론 엘리베이터는 전부 스톱시켜둔 상태였다.

"역시 마취 총부터 개발해둘 걸 그랬나."

1층 로비에 쓰러져 있던 인원 몇몇이 일어나 건물을 나섰다. 고무탄환으로 급소를 때렸지만 맷집 좋은 요원들이 통증을 참아낸 것이다. 어차피 로비에는 통신방해 기기가 장치되어 있었기에 일어난 요원들은 전파를 잡기 위해 밖으로 향했다.

파일 전송이 끝나려면 아직 30분 정도가 더 남았다.

만약 IIS에서 개발되었던 급속 마취 총이었다면 탈출 시간까지 지속시킬 수 있었다. 그러나 이번 일까지는 예측하지 못했기에 어쩔 수가 없었다.

타탁!

화면이 건물의 바깥쪽 카메라로 바뀌었다.

"도대체 저 인원들은 어디서 튀어나오는 거야?"

새벽 시간, 텅 비었던 도로 위로 검은색 승용차들이 우르르 몰려들었다. 서울 내에서 경호 중이었던 요원들이 모조리 호출된 것 같았다.

"정말 급한 일이긴 한가보네."

그들은 본사 앞에 차를 대충 세워 놓고 로비로 들어섰다. 당연히 엘리베이터를 타기 위해 버튼을 눌러댔다.

물론 시스템으로 멈춰둔 상태라 움직이지 못했지만 대신 계단 비상구는 카드키가 있으면 열 수 있었다.

그로 인해 화면 속 요원들은 비상계단을 통해 미친 듯이 달려 올라오기 시작했다.

"슬슬 도망칠 준비해야겠지?"

휙! 빡—!

그 순간 깨어난 요원 하나가 조용히 차준혁의 뒤로 돌아가 삼단봉을 휘둘렀다. 오감이 예민해져 있던 차준혁은 잽싸게 피한 뒤 격타로 급소를 가격하고는 용절추로 팔을 꺾으며 메쳐버렸다.

"역시 훈련받은 놈들답게 터프하네."

14층이니 천익의 경호원들이 올라오기까지 얼마 남지 않았다. 다행히 다운로드는 거의 끝나 가고 있었다.

삑! 삑!

완료 알림이 울리자 차준혁은 접속했던 모든 기록을 지운 뒤 엘리베이터로 달려갔다.

쾅—!

동시에 경호원들이 비상계단의 문을 박차고 들어왔다.

"저기다! 잡아!"

경호원들은 엘리베이터로 향하는 차준혁을 발견하고 소리쳤다. 그러나 그는 그들이 도착하기 전에 엘리베이터에 올라탈 수 있었다.

띵!

물론 접속 기록의 삭제와 함께 엘리베이터를 멈춰 놓은 시스템도 풀었다. 그들이 도착하기 직전 아슬아슬하게 엘리베이터 문이 닫혔다.

"아이! 썅!

욕을 내뱉은 경호원들의 목소리가 들렸다.

"이제 1층이 문제인가?"

차준혁은 그렇게 중얼거리며 라버건의 탄창을 다시 채워 넣었다. 그사이에도 엘리베이터는 층을 빠르게 지나쳐 내려가고 있었다.

"후우… 후우……!"

밑에 남아 있는 경호원들의 수도 만만치 않았다.

화면으로 확인한 수만 대략 20명 정도였다.

라버건을 난사한다 해도 뚫기가 힘들었다.

그 때문에 차준혁은 살기부터 최대치로 끌어올렸다.

잠시 후, 엘리베이터가 1층에 도착하고 문이 열리자 빼곡히 선 경호원들로 가득했다.

하지만 그들은 갑작스럽게 문틈으로 뿜어져 나온 묵직한 공기에 쉽사리 움직일 수 없었다.

피피피픽! 피픽! 픽!

차준혁은 먼저 정면에 선 경호원들의 급소부터 노렸다.

탄환은 급소로 정확하게 박혀 들어가며 그들을 하나둘씩 쓰러뜨려 나갔다. 그 뒤로는 근접전이었다. 총의 사용과 함께 급히 물러선 이들을 향해 달려들 수밖에 없었다.

'최단거리는 우측인가?'

난타전이 시작되었지만 차준혁은 초감각으로 경호원들

 14

의 주먹과 발을 피하며 요리조리 빠져나갔다 하지만 그들도 바보가 아니었다. 입구 쪽으로 두껍게 서서 차준혁이 도망치지 못하도록 막았다.

결국 막다른 복도 쪽이 유일한 길이었다. 그렇게 막혀 있음에도 차준혁은 속도를 늦추지 않고 계속 달렸다.

타다다닥!

당연히 경호원들도 그 뒤로 따라붙었다. 그 순간 차준혁은 화분과 벽을 순차적으로 밟으며 다리에 힘을 줬다.

팍!

차준혁은 그대로 경호원들의 머리 위를 지나 반대쪽으로 날았다. 상당한 높이였기에 경호원들은 고개만 돌려 쳐다볼 뿐이었다.

그렇게 경호원들의 포위를 완전히 빠져나가 착지했다.

"당장 잡아!"

경호원들은 입구로 달리기 시작한 차준혁에게 다시 따라붙기 시작했다. 이미 거리는 벌어져 있었기에 그를 따라잡기는 힘들었다.

'이대로 탈출 포인트까지만 가면 된다!'

정보는 모두 전송했으니 작전의 80%는 달성했다.

이대로 차준혁의 탈출만 성공하면 되었다.

척!

그때 한 사내가 차준혁과 비슷한 차림으로 정문 앞에 섰다. 모자에 마스크까지 쓰고 있어 눈만 보였다.

차준혁은 정문을 향해 달리면서 그와 눈이 마주쳤다.

'저 눈빛은……?'

최근 리명선과 만났기에 알 수밖에 없는 눈빛이었다.

'콩고에서 날 죽였던 그 녀석!'

너무나 차가운 눈빛으로 차준혁처럼 태무도까지 사용해 가며 싸웠던 그 눈빛이었다. 물론 현재 IIS요원 중에서 그때의 사내가 있는지 찾아보기도 했다. 그러나 찾을 수 없었고, IIS에 들어오지 못한 것이라고만 생각했다.

'하필이면 이런 상황에서!'

사내가 공격 자세를 취했다. 어떻게든 차준혁을 막겠다는 의미였다. 차준혁은 여기서 시간을 더 이상 낭비할 수는 없었기에 라버건을 뽑아들어 그에게 겨눴다.

그 순간 사내는 라버건의 탄환을 요리조리 피해 가며 앞으로 다가왔다.

파팍! 파파파팍!

결국 두 사람은 정문 앞에서 격돌하며 뒤엉켰다.

미래에서와는 달리 사내는 태무도가 아닌 일반 격투 기술을 썼다.

너무 가까운 상태라 라버건을 겨누기도 힘들었다.

'무에타이와 커맨드삼보인가?'

공격 하나하나가 상당히 날카로웠다.

 16

게다가 기술은 그것뿐만이 아니었다.

태권도, 특공무술, 유도, 공수도. 거기다 러시아 스페츠나츠 부대에서 사용하는 시스테마까지 나왔다.

'도대체 정체가 뭐야!'

차준혁은 태무도의 무회와 초감각으로 공격들을 아슬아슬하게 피해냈다. 그런데 사내의 주먹이 얼굴에 스치며 마스크가 벗겨지고 말았다. 물론 광학위장패치로 얼굴을 바꿔둔 터라 문제는 없었다. 그나마 다행인 것은 워낙 사나운 공격들이 오간 덕분인지 따라오던 경호원들은 쉽사리 덤비지 못했다.

퍽!

동시에 차준혁과 정체불명의 사내는 서로의 가슴과 허리에 한 방씩 주고받으며 뒤로 밀려났다.

'크으… 대체 저 자식 뭐지?'

한순간 허리를 내준 차준혁은 매만지며 그와 마주 섰다.

정말 무시무시한 실력이었다. 과거에서 돌아와 경험까지 쌓았고 체력까지 예전보다 좋았다. 유중환이 아니고서야 자신을 상대할 사람이 없을 것이라 자부했다.

하지만 지금 눈앞에 막상막하의 사내가 있었다. 그것도 다름 아닌 본래 미래에서 차준혁을 죽였던 사내였다.

'여기서 당할 수는 없지.'

마침 옆으로 떨어뜨렸던 라버건이 근처에 있었다.

차준혁은 그것을 곧바로 주위들어 사내를 향해 발사했다. 그러나 사내도 만만치 않게 달려오던 방향을 틀어 옆으로 빠져나갔다.

'이때다!'

틈이 벌어지자 차준혁은 품속에서 수류탄 모양의 구체를 꺼내 던지며 동시에 눈을 감았다.

딸칵! 화아아악—

그것은 바로 섬광탄이었다.

엄청난 빛이 사방을 집어삼키며 앞이 보이지 않게 만들었다. 지금은 시각을 제외한 모든 감각에 의지해야 했다.

'정문은 2시 방향!'

지금이라면 정체불명의 사내도 움직이지 못했다.

차준혁은 그대로 눈을 감은 채 정문을 향해 달렸다.

겹겹이 둘러싼 경호원들 때문에 지금까지 쓰지 못하다가 이제야 쓴 것이다.

타다다다다닥! 슈아아아악!

거친 차준혁의 발자국 소리와 함께 날카로운 소리가 바람을 갈랐다.

'뭐지?'

심상치 않은 느낌에 차준혁은 곧바로 발을 멈췄다. 그와 동시에 단검 하나가 코앞을 스쳐 창문에 부딪쳤다.

'설마… 내가 달리던 속도와 정문의 방향을 예측해서 던

진 건가?'

앞이 보였다면 당장이라도 달려들어야 했다.

그러나 공격은 거기서 더 이상 날아들지 않았다.

오직 감각에만 의지해서 던진 단검이었다.

'이걸로도 발을 묶어두기가 힘든 건가?'

차준혁은 여전히 눈을 감은 채 라버건을 사방으로 발사하며 다시 달렸다. 청각을 마비시키기 위해서는 그 방법뿐이었다. 물론 차준혁도 혼란스러웠지만 방향을 이미 잡은 상태였기에 문제가 없었다.

타다다다닥!

덕분에 빛의 반경과 함께 밖으로 빠져나왔다.

이제 탈출 포인트까지만 남았다. 눈을 뜬 차준혁은 그대로 본사 앞을 가로막은 차량을 빠르게 뛰어넘어 도로가에 도착했다.

부아아아아앙! 끼이이이익!

검은색 세단 한 대가 급히 달려와 그의 앞에 멈췄다.

"빨리 타십시오!"

운전석에서 유강수가 외쳤다.

본사의 상황이 나빠져 감시조가 자체적인 결정으로 탈출 포인트를 바꾼 것이다.

"제가 운전하겠습니다."

빛이 사그라지면 경호원들도 따라붙을 것이 분명했다.

그런 상황에서 상당한 운전 실력이 필수였다.

"빨리요!"

차준혁이 재차 외치자 유강수는 얼떨떨해하면서 조수석으로 몸을 옮겼다.

그렇게 차준혁은 운전대를 잡고 달리기 시작했다.

얼마 지나지 않아 경호원들의 차량이 잔뜩 따라붙었다.

"여기서 어떻게 하실 겁니까?"

"어떻게 하긴요! 당연히 따돌려야죠! 탈출 B포인트는 준비가 완료돼 있는 거죠?"

"지금 상태라면 우리가 한순간 보이지 않도록 따돌려야 합니다."

새벽의 도로는 순식간에 무법도로가 되었다.

수십 대의 차량이 한 대의 차를 따라잡기 위해 줄줄이 내달렸다.

"꽉 잡으세요!"

끼이이이이이이익—!

주의와 함께 차준혁은 핸드브레이크를 잡아당기며 빠르게 드리프트를 돌았다. 특히 커브에서는 절대로 속도를 줄여서는 안 됐다. 거기다 직선도로에서는 뻔히 보이니 계속해서 커브로 된 길을 돌아 천익의 경호원들을 따돌려야만 했다.

"아아아아악!"

유강수는 살벌한 운전 때문에 소리를 지를 정도였다.

"조용히 하세요!"

경호원들의 차량과는 점점 거리가 벌어졌다. 차준혁은 그대로 B포인트로 방향을 잡아 액셀을 최대치로 밟았다.

속도는 순식간에 200km를 넘어갔다. 간혹 지나가는 차들이 바람같이 스쳐 지나가며 마지막 커브를 틀었다.

끼이이이이이익!

한편 뒤따라오던 천익의 경호팀은 차준혁의 차량을 힘겹게 따라가 방금 전 커브를 튼 곳으로 들어섰다.

그런데 차량을 완전히 완전히 놓치고 말았다.

삐삑!

—사방으로 흩어져서 찾아! 반드시 잡아야 한다!

그들 중 제일 상급자인 경호원이 무전으로 고래고래 소리를 질렀다.

그렇게 차량은 흩어져 도로를 이 잡듯이 뒤졌다.

하지만 경호원들이 발견한 것이라고는 항만으로 향하는 듯한 줄줄이 선 컨테이너 차량이나 승용차들이 전부였다. 결국 침입자를 놓치고만 것이다.

서울 외곽에 위치한 IIS지부.

최근 정보만 따로 운영하기 위해 설치된 곳이었다.

삐! 삐! 삐!

IIS의 수뇌부들은 바뀌어 가는 화면에 감탄사를 흘렸다. 천익에서 차준혁이 털어온 정보에는 지금까지 아무도 몰랐던 중소기업들의 약점들이 잔뜩 들어 있었기 때문이다. 그것을 분석한 한재영은 회의실에 모인 사람들을 보며 말했다.

"정보의 등급은 제일 하위인 C등급부터 B, A, S로 총 4단계로 나뉩니다. 현재 그중에 B와 A. 그리고 S등급 정보에는 잠금이 걸려 있는 상태입니다."

천익에서도 중요한 정보를 아무렇게나 취급할 리가 없었다. 내부 자체에서도 등급을 나눠 열람할 수 있도록 만들어 놓았다.

"그렇다면 잠겨 있는 파일들을 우리의 능력으로는 풀 수 없는 건가?"

주상원이 미간을 찌푸린 채로 물었다.

그나마 C급 정보를 통해 남부지역 기업들의 돈이 기지회를 통해 들어간 것을 알아냈다. 하지만 사용내역과 그 외로 운용된 사항은 알지 못했다. B등급 이상 정보에 있는 것인지, 따로 취급되는 중인지는 파악되지 않았다.

그로 인해 주상원과 더불어 감탄사를 내뱉던 IIS수뇌부

들은 탄식을 흘렸다.

"일단 저희 분석팀과 모이라이 정보팀에서도 시도하는 중입니다만 기일은 예정하기가 힘듭니다."

"그 외에 풀 수 있는 방법에 대해서는 짐작되는 것도 없는 건가?"

질문이 이어지자 한재영은 준비해 놓은 자료를 열심히 훑으며 대답했다.

"암호를 입력하는 프로그램은 찾았습니다. 그러나 암호뿐만 아니라 등급에 따른 인물의 지문과 열쇠가 필요한 것으로 파악됐습니다."

"허어……!"

산 너머 산이라고 했던가. 한 고비를 넘기는 것 같더니 또 다른 고비가 기다리고 있었다. 그만큼 쉽게 넘어가지 않을 거대한 적이었다.

당연히 만만치 않다고 여겨지기에 주상원의 표정은 더욱 어두워졌다.

"허면… 그 방법을 알아내는 수밖에 없겠군."

1차적인 암호를 푼다고 해도 인증된 지문과 열쇠를 가진 사람이 누군지 알아내야만 풀 수 있었다.

"하지만 더 이상의 잠입은 좋지 못합니다. 우리 쪽에서 차 대표님의 알리바이를 만들어놨지만… 이번 일로 천익의 보안은 더욱 강화될 것입니다."

모두가 차준혁이 잠입하는 중에도 조마조마했다.

그런데 상황이 더욱 악화된 상황에서 천익의 소굴로 차준혁을 밀어 넣을 수는 없었다.

물론 주상원도 그와 같은 생각이었다. 이에 한재영은 다른 방식으로 접근해본 해결책을 내놓았다.

"대신 정보가 사용된 경로는 확인할 수 있었습니다."

"어떻게 말인가?"

"올 서치 프로그램 덕분입니다. 계좌만 아니라 정보의 이동 코드도 분석할 수 있었습니다."

타다다다! 타닥—!

한재영은 자판을 두드려 화면을 바꾸었다. 지도가 떠오르더니 C등급의 정보가 이동된 경로가 GPS좌표로 분석되어 궤적으로 그려졌다. 대부분이 서울, 인천, 목포, 강릉, 대구 등등으로 중소 규모 이상의 도시들이었다.

"저 위치들은 무엇인가?"

"정보가 이동된 지역입니다. 일단은 인근으로 요원을 파견시켜 추적만 해봄이 어떨까 싶습니다."

주상원은 잠시 고민하다가 말했다.

"알겠네. 허나 지난 일도 있으니 최대한 주의가 필요할 것이야."

조사에 대한 제안이 통과되자 한재영은 고개를 숙이며 브리핑을 마무리 지었다.

"그보다 차 대표께서는 어디 계신가?"

"실종된 요원을 찾기 위해 정보 분석실에서 당시의 CCTV화면을 확인하고 계십니다."

정리를 마친 한재영이 대답하자 주상원은 곧장 자리에서 일어났다.

"우리도 가보도록 하지."

정보 분석실 벽면을 가득 채운 수십 개의 화면이 바쁘게 돌아가고 있었다.

차준혁은 동체시력으로 화면을 쭉 훑어보았다. 키보드를 누르던 손으로 속도를 조절하며 수상한 차량이 있는지를 확인했다.

'어떤 이유든 작전차량이 아무런 흔적도 없이 사라질 수는 없어. 아마 내가 쓴 방법과 같은 수를 쓴 거겠지.'

몇 시간 전까지 차준혁은 유강수와 함께 천익의 경호원들을 따돌리던 중이었다. 그런데 커다란 컨테이너 차량 한 대가 뒷부분을 열고 기다렸다.

커브를 튼 차준혁은 그대로 안으로 들어갔다.

IIS에서 미리 준비해둔 컨테이너 차량들이 줄줄이 서며 차준혁의 차량을 완벽하게 실종시켰다.

'컨테이너 차량……!'

계속해서 CCTV를 돌리던 차준혁은 실종지역 인근을 지나가는 컨테이너 차량 한 대를 찾아냈다. 확실하지는 않지만 계속해서 추적해보면 알아낼 수 있을 것이다.

'그 자식……!'

화면을 살피던 차준혁의 손가락이 멈칫거렸다.

로비에서 마주쳤던 정체불명의 사내는 차준혁을 죽였던 미래에서처럼 태무도를 쓰지는 않았지만 엄청난 실력을 보여주었다. 만약 처음부터 마주했다면 이번 작전은 실패했을지도 몰랐다.

'일단은 실종된 요원을 찾는 것이 우선이겠지.'

정 대원을 포함한 백업요원이 실종된 지도 대략 3주가 넘어가는 중이었다. 만약 지금까지 살아 있다면 고문을 받고 있을 확률이 높았다.

그들도 사람이기에 한계가 있었다. 거기까지 생각이 미치자 차준혁은 탐색하던 속도를 더욱 높였다.

"……."

뒤에서 그 상황을 지켜보던 사람들이 있었다.

배진수, 유강수, 김욱현. 이번 천익의 정보탈취 작전을 제일 가까이서 도와준 이들이었다. 다들 정신없이 움직이지는 차준혁의 움직임을 보며 말문을 열지 못했다.

저벅. 저벅.

그때 IIS국장 주상원이 부장급 요원들과 나타났다.

모두가 깜짝 놀라 경례를 올린 후에 뒤로 물러섰다.

"오셨습니까."

"이번 작전에 수고가 많았네."

"아닙니다. 그보다 회의는 마치셨습니까."

개방되어 있던 C급 정보에 대한 회의는 그들 세 사람도 잘 알고 있었다.

"잘 확인했네. 그보다 차 대표께서는 진척이 좀 있는가?"

차준혁도 그가 온 것을 알고 있었다.

하지만 조금만 더 있으면 추적할 수 있다고 생각했기에 화면에서 눈을 떼지 않았다.

타타타탁! 스윽! 스윽!

잠시 후, 화면에 컨테이너 운반차량의 모습이 나열되기 시작했다. 시간대별로 구분된 장면들이었다.

그로 인해 컨테이너 운반 차량이 최종적으로 어느 쪽으로 향했는지 알 수 있게 되었다.

"…인천항?"

차량을 실었다 예상되는 컨테이너 운반차량은 서인천항으로 들어갔다. 그 뒤로는 인천항 내의 CCTV까지 조작되어 있는 상태라 확인할 수가 없었다.

"찾아내신 겁니까?"

차준혁의 중얼거림에 주상원이 다가가 물었다.

"실종된 차량이 실린 것인지는 확실하지 않습니다. 일단 인천항을 조사해봐야 할 듯싶습니다."

확실한 것은 무엇이든 나와봐야 알 수 있었다.

"제발 살아 있어야 할 텐데……."

"천익이 납치한 것이라면 죽이지는 않았을 겁니다. 대신 저희도 빨리 찾아내야 하겠죠. 그리고 인천항에 대해서는 이번처럼 움직이겠습니다."

"하지만 그건 저희도……."

주상원은 지금까지 고생해준 차준혁에게 더 이상 폐를 끼치기 싫어서 거절하려고 했다.

"저번과 같이 문제가 생겨선 안 되지 않습니까."

IIS에서 야계를 얕본 행동은 한 번으로 족했다.

또다시 그런 일이 벌어졌다간 IIS의 정체가 세상에 밝혀질지도 몰랐다. 전심전력으로 작전을 수행해 철저히 할 필요가 있었다.

"그건 그렇긴 합니다만……."

이번 작전을 주도한 것도 차준혁이었다. 그 덕분에 천익의 14층에서 정보까지 빼냈다. 그 작전이 없었다면 지금처럼 중요한 정보를 알아내기도 힘들었을 것이다.

"미리 준비해둔 것도 있으니 기다려보면 실종된 요원들의 흔적도 찾을 수 있을 겁니다."

"뭔가 또 해 놓으셨습니까?"

차준혁은 천익의 본사 습격 작전에서도 엄청난 실력을 보여줬다. 그런데 다른 것이 더 있다는 말에 주상원은 놀랄 수밖에 없었다.

"어렵게 침투한 곳인데 아무것도 안 할 수는 없으니까요."

그 말과 함께 차준혁의 손가락이 바쁘게 움직였다.

컨테이너 운반차량을 비추던 화면들이 천익의 본사로 바뀌었다. CCTV를 손보면서 외부 서버로 우회적 연결을 시켜 놓은 것이다.

"허어……!"

해조차 뜨지 않은 새벽이었다.

또각! 또각!

날카로운 하이힐 구두 소리가 천익의 본사 로비를 울렸다. 이에 좌우로 정렬해 있던 수십 명의 임원과 상급직원들이 고개를 숙여 누군가를 맞이했다.

"오셨습니까! 대표님!"

천익의 대표 임설은 주름이 깊게 파인 얼굴로 그들을 지나쳤다.

"어떻게 된 상황이죠?"

임설의 옆으로 비서실장 조민아가 급히 다가서며 입을 열었다.

"침입자 발생과 더불어 14층에서 관리하던 정보가 모두 복사된 듯싶습니다."

"보안요원들은 대체 그동안 뭘 했던 거죠? 그리고 침입자에 대해서는 어찌 된 사항인가요?"

천익은 그간 보안에 있어서 철두철미함을 유지했다.

그런데 몇 시간도 채 되지 않아 정보를 모두 털렸다는 보고에 분노할 수밖에 없었다.

면목이 없다는 듯 얼굴을 들지 못하는 임원과 직원들의 행동에 임설의 미간은 더욱 찌푸려졌다.

"침입자는 단 1명이었습니다."

"1명이요? 그렇다면 모든 요원들이 단 1명한테 모조리 제압당했다는 말인가요?"

"그, 그렇다고 볼 수 있습니다."

비서실장 조민아도 다른 직원들처럼 고개를 들지 못한 채 대답했다.

"이 본부장과 홍 이사는 당장 따라오세요!"

이팽원과 홍주원은 곧바로 엘리베이터에 올라탔다.

그들은 정보가 보관되어 있던 14층으로 향했다.

그녀의 등장에 해당 층의 보안요원들은 로비에서처럼 좌

우로 정렬해 있었다.

"모두 물러나 있으세요."

스윽—

임설의 지시에 다들 고개만 한 번 숙인 채 뒤로 물러났다. 이팽원과 홍주원, 조민아는 임설의 뒤로 따라붙어 걷기 시작했다.

"정확하게 어떤 상황인지 보고하세요."

"다시 말씀드리자면 침입자는 1명으로, 14층에서 모든 정보를 어디론가 전송시켰습니다."

홍주원이 보고를 시작하자, 임설은 걸음을 멈추고 열려 있는 서버관리 기기 앞에 섰다.

"전송된 정보의 등급은요?"

"전부입니다. C등급부터 S등급까지. 하지만 B등급부터는 인증 절차가 필요하니 침입자 측에서도 확인하기가 힘들 것입니다."

B등급 이상의 인증 관련 열쇠는 임설과 임원들이 개인적으로 보관했다. 각각 개인이 인증하는 절차이기 때문에 1차 암호만 가지고 정보를 열려고 하면 자동으로 파기되게 설계되었다.

"그렇다면 침입자가 확인할 수 있는 정보는 C등급뿐이겠군요. 혹시… 정체나 배후를 알 수 있을 만한 흔적은 없었나요?"

질문이 이어지자 이번에는 이팽원이 나섰다.

"아무것도 나온 것이 없습니다. 거기다 정보가 전송된 흔적도 중국에서만 12번 정도 이동하다가 사라져버렸습니다."

결국은 아무것도 찾을 수 없었다는 대답과 같았다.

그런 막막한 보고를 하게 된 이팽원은 면목이 없어 여전히 고개를 들지 못했다.

"고작 1명을 막지 못해서 정보까지 털리고는 그게 보고의 전부인가요?"

"…죄송합니다."

"그럼 침입자에 대해 알아낼 방법은요?"

이팽원과 홍주원도 갑작스런 호출과 함께 상황 전달을 받았을 때 어이가 없었다. 그렇다고 이미 벌어진 사태를 되돌리는 것도 불가능했으니 방책부터 마련해보았다.

"CCTV도 모조리 해킹되었던 상태였습니다. 일단은 지난번에 잡아둔 사내들과 관련되어 있지 않을까 생각됩니다."

"우리 천익으로 위장 취업했던 남자와 그 뒤를 봐주던 사람들 말인가요?"

임설도 그들의 대해 보고를 받아 기억하고 있었다.

"아직 자신들의 배후를 불지 않았지만 지금 상황대로라면 침입자와 그들이 같은 편일 확률이 높습니다."

천익은 지금까지 크게 주목받을 행동을 한 번도 하지 않았다. 그것이 무엇보다 우선적으로 지켜져야 할 철칙이기 때문이다.

하지만 내부의 적도 문제였다. 입사하는 사람마다 일정 주기를 가지고 감시했다. 그리고 문제가 발생될 시에 천익의 비밀요원들을 움직여 조치해 왔다.

최근에도 그와 마찬가로 해결되었다.

회계부서 경력사원 정수환.

그의 뒤를 감시하던 중에 정체불명의 요원들을 발견했다. 천익에서는 그들이 적이라 판단해 곧바로 요원들을 투입해서 잡아왔다.

"어떻게든 불게 만들어요."

"알겠습니다."

두 임원은 대답을 마친 뒤 자리를 벗어났다.

자신의 사무실로 돌아온 홍주원 이사는 불도 켜지 않은 채 의사에 앉아 있었다.

"어떻게 된 거지?"

물음과 함께 어둠 속에서 차준혁과 싸웠던 검은 모자와 마스크를 쓴 사내가 모습을 드러냈다. CCTV가 모두 해킹을 당해 기록이 없어 정확한 상황을 물은 것이다.

"단신으로 로비와 14층의 보안요원들을 모두 제압한 뒤에 기록실을 턴 것으로 보입니다. 뒤늦게 인근에서 임무 중이던 모든 경호원들이 소집되었음에도 소용이 없었습니다."

"네 녀석이 싸워본 감상은?"

질문이 이어지자 사내는 여전히 날카로운 눈빛으로 말했다.

"실전 경험이 상당한 녀석이었습니다. 제 공격에도 전혀 흔들리지 않고, 반격과 더불어 틈을 만든 뒤 도망까지 쳤습니다."

"그밖에 흔적은?"

사내는 차준혁과 싸웠던 모든 상황을 떠올려봤다.

"얼굴을 보았지만 모르는 얼굴이었습니다. 거기다 특이한 무술을 사용했습니다. 제가 어떤 방식으로 공격하든 무력화시키면서 반격해 왔습니다."

CCTV가 무력화된 상태라 얼굴을 알아도 정확하게 구현하기는 힘들었다. 몽타주를 그리긴 하겠지만 100%까지 완성될 수는 없었다.

"어떤 무술인지는 모르나?"

각종 무술을 습득한 사내도 그가 질문하기 전까지 계속 생각해봤지만 떠오르는 것이 없었다.

"…모르겠습니다."

"알았다. 다시 본래 임무로 복귀하고 대기하도록."

"예."

사내는 문밖으로 나가 흔적도 없이 사라졌다.

그 시각 귀가 찢을 듯한 비명이 어두운 방 안에 시끄럽게 울렸다.

지지지지지직!

"아아아아아악!"

비명의 주인은 얼마 전에 납치를 당한 정 대원이었다.

그의 얼굴을 포함한 전신은 피범벅이 되어 누군지 알아보기도 힘들 지경이었다. 정 대원은 손가락 끝에서 흘러들어오던 전기가 멈추자 거친 숨을 몰아쉬었다.

"하아… 하아……."

"아직도 불지 않을 생각인가?"

커다란 덩치의 40대 초반으로 보이는 사내가 물었다.

그의 손에는 방금 전 전기를 내린 스위치가 쥐어져 있었다. 이번 질문에도 답이 없으면 곧바로 전기를 올릴 것 같았다.

"말해봐라. 정수환. 네 녀석은 어디 소속이지? 누구의 지시를 받고 천익에 침투했나?"

"……."

벌써 수백 번째 던진 질문이었다.

이번에도 정 대원의 입에서는 대답이 나오지 않았다.

사내가 인상을 찌푸리며 또다시 전기 고문의 스위치를 올렸다.

지지지지지직—!

"끄아아아악!"

정 대원의 입에서는 다시 비명만이 터져 나왔다.

"다른 녀석들은 어떻게 되었지?"

사내가 뒤를 돌아보며 물었다.

그처럼 고문하며 땀범벅이 된 사내가 서 있었다.

"똑같습니다. 어떤 훈련을 받았는지 전기와 약물까지 썼음에도 쉽게 입을 열지 않습니다."

"독한 자식들이로군."

"그보다 본사에 침입자가 있었다고 합니다. 일단은 이 녀석들과 한패라고 추측됩니다."

중년의 사내가 인상을 잔뜩 찌푸렸다.

사내는 천익 특수경호팀 팀장 중 한 명인 고명훈이었다. 그는 재미교포로 30대 중반까지 외인부대에서 활동하다가 천익에 들어왔다.

"침입자? 몇 명이 쳐들어왔단 건가?"

"그게… 1명이라고 합니다."

고명훈은 표정을 굳힐 수밖에 없었다.

"고작 1명? 거기 있던 녀석들이 죄다 퍼질러 자고 있었던 건가?"

"아닙니다. 모조리 제압당한 뒤에 14층까지 털렸다고 합니다."

계속되는 보고에 고명훈은 턱이 도드라질 정도로 이를 악물었다. 천익의 보안요원들은 그가 훈련시킨 사내들이기 때문이다. 하지만 겨우 1명을 막지 못했다고 전해 들으니 분노가 더욱 거세질 수밖에 없었다.

뚝!

그로 인해 고명훈은 정 대원을 고문하던 전기를 끊고 다가섰다.

"잘 들었나? 네 녀석의 동료인 것 같은데 말이야. 이것에 관해서도 말하지 않겠지."

"…후우. 후우……."

정 대원은 그저 숨을 몰아쉬며 고명훈을 노려볼 뿐이었다.

"언제까지 버틸 수 있는지 보자고."

고명훈은 다시 고개를 돌려 보고했던 사내에게 다가섰다.

"울프는 어떻게 된 거지? 그 녀석은 자리를 비운 상태였나?"

바로 차준혁과 싸웠던 사내를 말함이었다.

이에 사내는 조심스럽게 입을 뗐다.

"울프가 나섰음에도 놓쳤다고 합니다."

"그 녀석이 말인가?"

고명훈에게 울프는 천재 중에 천재였다.

어떤 무술이든 한 번 익히면 완벽에 가깝게 체득할 수 있었다. 동작뿐만이 아니었다. 기술의 운용조차도 웬만한 실전 경험자들보다 뛰어났다.

그런 울프가 놓쳤다 하자 놀라는 것이 당연했다.

"본사에서는 일단 배후를 밝혀내는 데 모든 전력을 쏟으라고 지시가 내려왔습니다. 그리고 정보가 새어 나갔을지도 모르니 장소를 변경하랍니다."

"알겠다."

고명훈은 그렇게 대답하면서 다시 스위치를 올렸다.

차준혁은 이지후와 교신하며 인천항에 관한 사항들을 조사해 나갔다.

띠―! 띠―!

그러던 중에 화면 한쪽 귀퉁이에서 알람창이 떠올랐다.

옆에서 도와주던 정보팀장 한재영이 다가와 물었다.

"그건 뭡니까?"

"천익의 본사 14층에 설치해둔 수신지역 추적 기기로부터 온 알람입니다."

모로코에서 듀케이먼의 위성전화를 추적하여 용병캠프를 알아냈던 방법이었다.

"그런 걸 설치해두셨습니까?"

도대체 몇 수 앞까지 보고 있는 것인지 모든 행동이 다른 요원들보다 앞서 있었다.

"침입자가 있었으니 천익에서 어디로든 연락을 넣겠죠. 그게 납치된 요원이 있는 장소라면 더더욱 좋겠지만요."

차준혁은 자판을 두드려 추적한 수신지역을 찾아냈다.

[37.441930, 126.609514]

알람을 확인하자 위도와 경도가 표시됐다. 또 그것을 주소로 변환시키니 정확한 위치가 화면에 떴다.

[인천항 컨테이너 터미널 E1 지역]

"역시 인천항이 뭔가 있다는 의미네요."

"요원들이 저곳에 잡혀 있다는 말씀이신가요?"

천익의 14층에 설치된 기기가 잡아낸 발신기록은 하나뿐이었다. 정황상으로 제일 급한 용무나 지시가 떨어질 장소일 것이라 예상되었다.

"직접 가서 확인해봐야죠. 다들 준비해주세요. 그리고

한 팀장님은 저희 쪽 이지후 팀장과 계속 교신해서 해당지역에 관한 정보를 수집해주세요."

"알겠습니다. 차 대표님."

그렇게 한재영이 자리를 넘겨받았다. 그 뒤로 차준혁은 배진수와 같이 인천항으로 갈 준비를 시작했다.

방금 전에 작전을 마치고 와서 오래 걸리지는 않았다.

배진수, 유강수, 김욱현은 잔뜩 긴장한 표정으로 차량에 올라탔다.

"대표님께서 운전하시는 겁니까?"

조수석에 앉아 있던 유강수가 운전석으로 탄 차준혁에게 물었다.

"여기서 저보다 운전 잘하시면 대신하셔도 되고요."

차준혁의 운전 솜씨는 천익의 경호원들을 따돌리면서 입증되었다. 그러나 유강수는 생전 겪어보지 못한 스릴을 만끽했기에 거부감이 들었다.

"아, 아닙니다."

그의 대답과 함께 차준혁은 차량을 출발시켰다. 물론 목적지는 수신추적 기기로 잡아낸 인천항 컨테이너 터미널이었다.

아직 해가 뜨지 않은 새벽이었기에 차준혁은 액셀을 최대한으로 밟으며 고속도로를 통과했다.

그렇게 그들은 인천항에 빠르게 도착할 수 있었다.

시간은 새벽 5시였다.

"일단 확실한 것이 좋으니 CCTV부터 마비시킨 후 돌아보도록 하죠."

유강수가 임무 분담에 있어서 먼저 나섰다.

"그건 제가 하겠습니다."

"김욱현 요원은 저와 같이 움직이죠. 그리고 배진수 팀장님은 백업을 맡아주세요."

"알겠습니다."

배진수가 작전차량에서 센터를 맡아주기로 했다.

각자의 임무가 정해지자 요원들은 바쁘게 움직였다.

일단 차준혁은 입구에서 대기했다. 그러다 CCTV의 전원이 깜박이자 김욱현과 같이 담장을 뛰어넘었다.

경비들이 있었지만 들키지 않고 지나갈 수 있었다.

제일 먼저 향할 곳은 천익에서 발신이 전해진 지역이었다. 차준혁은 미리 확인해둔 지도를 통해 어렵지 않게 그곳을 찾아냈다.

"여기에는 별게 없어 보이는데요."

뒤쪽으로 선 김욱현은 컨테이너밖에 보이지 않자 의아한 표정을 지었다.

"확실하게 살펴봐야죠."

"곧 있으면 사람들이 지나다닐 겁니다."

탐색을 시작한 지 1시간이 지나갔다. 시간도 새벽 6시가 넘어가고 있으니 김욱현은 들킬까봐 걱정되었다.

"쉿! 잠깐만요."

차준혁은 확실히 하기 위해 살기를 일으켰다.

초감각으로 오감이 극대화되자 오로지 청각에만 신경을 곤두세웠다.

끼룩! 끼룩!

두두두두두두!

저벅! 저벅!

갈매기, 굴착기, 경비원들의 발자국 소리까지. 고요함 속에서 멀리서 들리는 모든 소리를 잡아낼 수 있었다.

'아무것도 없는 곳에 전화가 수신될 리는 없다. 분명히 뭔가가 있을 거야.'

섬뜩해진 분위기 탓인지 김욱현은 사색이 되었다.

"마, 마스터……?"

그럼에도 작전 중이라는 의식이 있어서인지 대표님이 아닌 암호명으로 불렀다.

스윽—

차준혁은 그런 김욱현을 향해 손을 올리며 잠시 기다리라는 표시를 해 보였다.

'이 소리는 뭐지?'

끼이이이익! 끼이이이익!

2시 방향이었다.

두꺼운 철문이 열리는 소리에 이어 3대의 대형차량과 2대의 승용차 소리가 뒤엉켜 들려왔다.

"이쪽으로!"

새벽 6시에 컨테이너 터미널 한복판에서 들릴 만한 소리가 아니었다. 뭔가 심상치 않다고 여긴 차준혁은 급히 컨테이너 벽을 밟고 위로 올라갔다.

"마스터!"

김욱현은 영문을 몰랐지만 차준혁을 따라 올라가 같이 달리기 시작했다.

컨테이너 위로 올라가자 소리가 들린 방향에서 튀어나오는 차량들을 발견했다. 방금 전 수색할 때는 볼 수 없었던 차량들이었다.

"저게 어디서……."

"이제부터 미행하도록 하죠. 먼저 팀장님에게 차량을 대기시켜 달라고 해주세요."

차량들은 컨테이너 터미널 출구를 향해 달렸다. 터미널 경비원들과도 관계가 있는 것인지 아무렇지 않게 출구의 문이 개방된 상태였다.

당장 급습하기에는 주변의 눈들이 많았다. 일단은 그들이 어디로 가는지부터 파악할 필요가 있었다.

"준비되었다고 합니다."

연락을 마친 김욱현은 멀어져 가는 차량을 보다가 고개를 돌렸다.

그런데 방금까지 옆에 있던 차준혁이 보이지 않았다.

"마스터……?"

어느새 차준혁은 컨테이너에서 뛰어내려 밑으로 내려가고 있었다.

부딪치게 될 차가운 열화(熱火)

타다다다다닥!

차준혁은 전력을 다해 컨테이너 사이를 뛰어넘으며 밑으로 내려갔다. 구불구불한 길을 빠져나가는 차량들과 달리 일직선으로 터미널 출구까지 달릴 수 있었다.

하지만 사람들 눈에도 띄지 말아야 했기에 출구 근방에서 방향을 틀어 담장부터 뛰어넘었다.

"마스터!"

밖에서 백업을 봐주던 배진수가 차준혁을 먼저 발견하고 차량을 대기시켜 놓았다. 동시에 배진수는 운전석을 비우며 조수석으로 자리를 옮겼다.

차준혁은 비워진 운전석으로 올라타 방향부터 틀었다.

"김욱현과 유강수는 놓고 가는 겁니까?"

"한시가 급하니 어쩔 수 없었습니다."

유강수는 CCTV를 맡았던 상태였다. 연락은 했지만 설비실과의 거리가 상당해서 기다려줄 여유가 없었다.

차준혁은 출구로 빠져나간 차량을 따라 움직였다. 물론 걸리지 않도록 다른 골목으로 가 일정거리를 유지했다.

"저 차량들은 어디서 나타난 겁니까?"

대형차량 3대와 승용차 2대는 아침 해로 밝아진 도로 위를 달리고 있었다.

"컨테이너가 열리면서 나왔습니다. 아마 컨테이너 터미널에 비밀시설이 있는 것 같으니 본부로 연락을 넣어서 조사 요청을 해주세요. 구역은 E—4부터 E—6까지. 해당 소유주도 말입니다."

차준혁은 곧바로 핸드폰을 꺼내든 그를 확인하며 정면으로 시선을 고정시켰다.

'운전자가 전문적으로 훈련을 받았어.'

미행이 들킨 것 같지 않았다. 그러나 5대의 차량은 미묘하게 신호등이 바뀔 타이밍만 노려서 속도를 조절해 통과했다.

차준혁이 그런 꼼수에 당할 리도 없었다.

미리 눈치챈 뒤에 살짝 속력을 높여 아무렇지 않게 거리

를 유지시켰다.

"본부에서 바로 조사에 착수한다고 합니다."

"저희는 이대로 따라가보죠."

출근 시간이 되면서 도로 위의 차량이 점점 늘어났다.

한적했던 새벽의 도로는 순식간에 번잡해지더닌 쉽게 앞으로 나아가기도 힘들어졌다.

"따라붙기가 쉽지 않겠는데요."

배진수도 어렵다고 판단했는지 걱정스런 목소리였다.

"그러네죠. 혹시 여기 추적용 GPS발신기도 있습니까?"

"장비는 있습니다."

IIS의 작전용 차량인 만큼 MR테크를 통해 실용화된 장비들은 웬만큼 실려 있었다.

"운전대 좀 맡아주시죠."

신호등이 걸려 차가 정차하자 차준혁은 뒷좌석 짐칸으로 몸을 옮겼다. 작전차량은 벤 형태로 되어 온갖 장비들이 마감 처리된 벽면에 걸려 있었다.

"설마… 저기 앞 쪽에 있는 차량에 직접 설치하시려는 겁니까?"

주변에는 출근 차량들로 빼곡했고, 이목도 많으니 수상하게 보일 것이다.

"방법이 없잖습니까."

배진수가 운전석으로 자리를 옮긴 사이에 차준혁은 직경

3cm 정도 되는 원형 GPS발신기를 챙겨들었다.

"하지만 주변에 사람들이 너무 많습니다."

"제게 방법이 있으니 사거리에서 바짝 붙었다가 옆으로 빠져주세요."

차준혁은 곧장 장비 중에서 발포성 접착제를 찾아냈다.

거치대 없이 도청기나 감시카메라를 설치할 때 쓰는 접착제였다.

"이 정도면 되려나?"

접착제는 GPS발신기에 둘러지더니 하얀 공이 되었다. 장갑을 끼고 만든 것이라 접착성은 거의 없어져 있었다.

"그걸 어떻게 하시려는 겁니까?"

힐끗 뒤를 돌아본 배진수는 차준혁이 생각해낸 방법을 가늠하기가 힘들었다.

"곧 사거리 교차로입니다. 준비해주세요. 반짝 붙었다가 자연스럽게 차선을 바꿔서 빠져야 합니다."

차준혁은 차량의 짐칸 끝으로 물러나 가로세로 15cm 정도의 창문을 열었다. 빼곡하게 들어선 차량들이 물결치듯이 움직이기 시작했다.

바로 사거리 교차로에 진입해 갔다. 차들의 속도가 빨라지며 차준혁이 탄 차량이 미행하던 차와 가까워졌다.

'지금이다!'

휙!

살기를 일으킨 차준혁은 공처럼 말린 GPS발신기를 창 밖으로 빠르게 던졌다. 예민해진 초감각은 공이 튕겨 나갈 각도를 계산시켜주었다.

팍! 파팍—!

바닥을 한 번 튕긴 공은 미행하던 차량의 배기관 위쪽 구석으로 쏙 들어갔다. 그리고 어딘가에 끼인 것처럼 떨어지지 않았다.

'발포 접착제가 배기관 열기에 녹아 들러붙었겠지.'

그사이 배진수는 뒤에서 무슨 일이 벌어진지도 모른 채 예정했던 대로 차선을 바꿔 옆으로 빠져나갔다.

"발신기는 설치했습니다. 이대로 더 떨어져서 따라가주세요."

조수석으로 자리를 옮긴 차준혁은 센터페시아 부분의 스위치를 조작했다. 예전에 IIS에 운영하던 차량과 같은 모델이었기에 방법을 찾는 데 어려움은 없었다.

위이이잉—

가운데 부분이 뒤쪽으로 들어가더니 내비게이션 창 하나가 위로 올라왔다. 그리고 지도와 함께 방금 전 장착한 GPS 신호를 표시했다.

"어떻게 설치하신 겁니까?"

"방법이 다 있습니다. 그리고 이대로 따라가다가 급습할 만한 장소가 있는지 살펴보도록 하죠."

차량의 주인이 천익의 요원들이라면 지금 이동 중인 장소도 새로운 아지트일 것이다. 그들이 목적지에 도착하기까지 기다려서는 안 되었다.

　만약 지금 향하는 곳이 본진이라면 지금도 추측할 수 없는 인원이 더 불어날 수 있었기 때문이다.

　"그보다 저 안에 실종된 요원들이 타고 있을까요?"

　GPS 신호를 따라 운전하던 배진수가 여전히 걱정하며 물었다.

　"차량 5대에 무거운 짐이 실린 것이 아니라면 각각 5명씩 꽉꽉 타고 있을 겁니다."

　"그걸 어떻게 아십니까?"

　차준혁은 차량의 종류와 서스펜션이 가라앉은 정도만 봐도 가중된 무게를 충분히 유추할 수 있었다. 거기다 초감각으로 시력까지 강화시킨 그라면 누구보다 세심하게 추측이 가능했다.

　"바다 위에서 배가 가라앉는 정도와 같은 이치라고 보시면 됩니다."

　"그게 무슨 말인지……."

　우우웅! 우우웅!

　의아해하던 배진수가 자신의 품속에서 울리는 핸드폰을 꺼내들었다.

　"배진수입니다."

—방금 전에 조사해 달라고 했던 사항에 대한 결과가 나왔네.

정보 분석팀장 한재영이었다.

그러자 차준혁은 핸드폰을 뺏듯이 넘겨받았다.

"차준혁입니다. 어떻게 되었습니까?"

—말씀하신 E—4부터 E—6까지의 컨테이너는 기지회의 페이퍼컴퍼니 중 하나의 소유로 드러났습니다.

차준혁은 뭔가 잡혔다고 생각했다.

"그렇다면 경찰과 검찰에서 수사할 수 있겠군요. 바로 움직여주시길 부탁드립니다."

기지회에 대해서는 해당 경찰청에서 아직도 수사 중이었다. 워낙 규모가 큰 조직이었기에 마약과 더불어 발견된 범법행위들이 엄청나게 많았기 때문이다.

—알겠습니다. 인천관할서로도 사건을 이관시켜 진행하도록 하겠습니다.

"그리고 현재 미행 중입니다. 저희 위치를 추적해서 요원들을 붙여주십시오."

—바로 보내겠습니다.

천익의 특수경호팀장 고명훈은 조수석에 앉아 있었다.

그러다 뒷좌석으로 고개를 돌려 꽁꽁 묶인 채로 기절한 정 대원을 보았다.

"도대체 어떤 배후를 뒀기에 본사를 단신으로 칠 수 있는 거지?"

보안요원들은 특수경호팀과 거의 동등한 실력을 가졌다. 다들 특수부대 및 용병 출신이라 웬만한 사람은 몇 명이든 상대할 수 있었다. 당연히 고명훈의 입장에서는 몇 번을 생각해봐도 이해되지 않았다.

"언제까지 입 다물고 있을지… 부로 옮겨서 계속해보자고."

지금까지 고명훈의 고문에 입을 열지 않았던 사람은 없었다. 그것은 자신도 자부했다.

지금도 그저 시간문제라고만 여겼다.

그사이 고명훈이 탄 승용차와 더불어 다른 차량들은 인천을 벗어났다. 경인고속도로를 타고 가다가 평택 오산고속도로에서 국도로 빠졌다.

"얼마나 남았지?"

고명훈의 물음에 운전하던 부하가 대답했다.

"30분 정도만 더 가면 됩니다."

"오랜만에 경기지부 녀석들을 보겠군."

차량은 점점 도시와 멀어져 가택들이 띄엄띄엄 떨어진 도로로 들어섰다.

 54

운전하던 부하의 눈길이 백미러로 향했다.

마지막 차량 뒤로 검은색 대형차가 따라붙어 있었다.

"천천히 몰아서 지나치게 해."

"알겠습니다."

미행인지 확인하기 위해서였다.

고명훈의 지시대로 속도를 줄이자 따라오던 차량들도 따라서 천천히 차를 몰기 시작했다.

뒤로 붙던 차량은 시간이 지나자 아무렇지 않게 지나쳐 갔다. 선팅이 짙었지만 그런 차들이 한둘도 아니니 고명훈도 별다르게 생각하지 않았다.

"빨리 가자고."

차량이 멀리 사라지자 속도를 높이라는 지시를 내렸다.

5대의 차량들은 다시 빨라지면서 지부로 향했다.

펑—! 쾅! 콰쾅!

그 순간 선두차량의 바퀴가 펑크가 나며 도로 위로 돌았다. 거기서 끝이 아니었다. 80km가 넘는 속도였기에 여파도 만만치 않았다. 바짝 붙어오던 차량들까지 스핀에 휘말리며 연속 추돌을 일으켰다.

승용차들은 그대로 전복되었고, 대형 승합차들은 앞뒤로 박은 채 연기를 내뿜었다.

끼이이익—!

방금 전 지나쳤던 대형 승합차가 돌아오더니 이리저리 부서진 차량 앞으로 섰다.

바로 차준혁과 배진수가 탄 차였다.

"확인부터 해보죠."

두 사람은 얼굴에 마스크를 쓴 채 라버건을 들고 차량으로 다가가 선두에서 돌던 차량부터 확인했다.

깨진 유리창 너머로 피범벅이 된 정장 차림의 사내들과 복면을 사내가 보였다.

"맞는 것 같은데요."

배진수는 그 모습을 보고 확신했다.

"그렇다면 구해야죠. 조심하십시오."

다들 정신을 잃은 것처럼 보였지만 조심할 필요가 있었다.

그렇게 두 사람은 기절한 천익의 요원들을 끌어낸 뒤 아군으로 예상되는 복면의 사내를 확보해냈다.

"맞습니다!"

그의 복면을 벗긴 배진수는 누군지 알 수 있었다.

차준혁은 그가 확인하는 사이 밖으로 끌어낸 천익의 요원들 품속을 뒤졌다.

분명히 사조직이 분명할 텐데 그들에게서 권총이 나왔다. 절대 보통 조직이 아니라는 의미였다. 반면에 신원을 알 수 있을 만한 물건은 하나도 나오지 않았다.

'이거… 만만치 않은 녀석들이겠는데?'

철컥! 철컥!

이에 차준혁은 탄창을 해체한 뒤에 권총을 완전히 분해시켰다.

"다른 차들도 확인해보도록 하죠."

모든 차량을 뒤져 실종되었던 6명의 요원들을 모두 구출해낼 수 있었다.

천익의 요원들은 20명 정도였는데 다들 심각한 교통사고로 인해 정신을 차리지 못했다.

"바로 복귀하도록 하죠. 본부 의료실로 빨리 데려가야 할 것 같습니다."

사고로 인해 납치된 요원들이 당한 부상도 만만치 않았다. 그렇다고 병원으로 데려갔다간 천익의 추적을 받게 될 것이다. 다행히 중상까지는 아니었기에 병원과 흡사한 의료 장비가 갖춰진 IIS본부에서도 치료가 가능했다.

차준혁과 배진수는 요원들을 차 뒷자리에 모두 싣고 출발 준비를 갖췄다.

'…응?'

탕!

그 순간 차준혁은 섬뜩함을 느끼며 몸을 옆으로 옮겼다. 총알 한 발이 바로 옆을 스치고 지나가 차의 창문에 박혀 들어갔다.

정신을 차린 고명훈이 차에서 꺼낸 총을 쏜 것이다.

"마스터! 괜찮으십니까!"

배진수가 깜짝 놀라 요원들을 살피던 고개를 돌려 물었다.

"괜찮으니 출발 준비나 마저 해주세요."

차준혁은 여전히 총을 겨눈 고명훈에게 다가갔다.

탕—! 타탕! 탕!

첫 총성과 함께 차준혁의 전신에서는 살기가 솟구쳤다.

계속해서 총알이 발사되었지만 오감이 극도로 예민해진 차준혁을 맞추지 못하고 허공만 가를 뿐이었다.

철컥! 철컥—

이내 탄환이 바닥났는지 고명훈은 힘겹게 몸을 일으키려 했다.

"우, 우리가 뒤통수를 맞게 될 줄은 꿈에도 생각하지 못했군. 하지만 이대로 놔둘 성 싶은가!"

악에 바친 고명훈의 외침이 쩌렁쩌렁 울렸다.

그는 머리가 피로 범벅되었음에도 눈빛은 전혀 죽지 않았다. 당장이라도 달려들 것만 같았다.

이를 묵묵히 지켜보던 차준혁이 그에게 말했다.

"지금의 네 녀석이 날 어떻게 할 수 있겠나?"

"네놈의 배후가 누구든! 기필코 찾아내서 사지를 찢어 버려주마!"

더욱 인상을 쓴 고명훈은 기력이 빠진 다리에 힘을 주며 달려들었다. 그러나 체력이 다한 상태로 차준혁을 이길 수 있을 리가 없었다.

쿵—!

차준혁은 고명훈의 주먹을 무회로 피하며 용절추로 메다 꽂았다. 팔까지 비틀어 메친 것이라 팔꿈치가 반대로 돌아갔다.

"크아아아악!"

"고통스럽나? 그 고통을 알면서도 우리 사람들을 저런 식으로 만들었나?"

전기 고문의 흔적은 기본이고, 멀쩡한 손톱이나 발톱이 하나도 없었다. 정강이는 피가 덕지덕지 굳어 뭉개진 상태였다. 납치된 요원들의 전신에 남은 흔적으로 어떤 고문을 당했는지 추측할 수 있었다.

"내가 알 바가 아니지!"

차준혁은 권총을 분해해 놓았던 곳으로 걸어갔다. 그리고 순식간에 한 자루의 권총을 조립하더니 고명훈의 미간에 겨눴다.

"마, 마스터!"

차 앞에서 기다리던 배진수가 깜짝 놀라며 다가왔다.

그럼에도 차준혁은 오직 고명훈만 보면서 입을 열었다.

"계속 지껄여보시지."

"네놈이 어떤 놈이건 네놈과 관련된 모든 사람들을 찾아
내 씨를 말려버릴⋯⋯!!"

탕―!

더욱 심해진 고명훈의 발악과 같은 외침에 차준혁은 아
랑곳하지 않고 방아쇠를 당겼다. 탄환은 고명훈의 관자놀
이를 스치며 땅바닥에 박혀 들어갔다.

고명훈은 상당히 놀라 말을 끝까지 잇지 못했다.

"나도 경고하지. 또다시 되도 않는 알량한 실력을 믿고
내 눈에 띄었다간⋯ 이번에는 팔이 아니라 목을 분질러버
리겠다."

차준혁의 더욱 거세진 살기가 고명훈을 덮쳤다.

일반인이라면 숨조차 제대로 쉬기 힘들 정도로 짙었다.

그로 인해 고명훈은 엎어진 채로 꼼짝도 하지 못했다.

퍽!

동시에 차준혁은 권총의 손잡이 부분으로 고명훈의 뒷목
을 후려쳐서 기절시켰다.

다른 요원들은 여전히 정신을 차리지 못했다.

"빨리 움직이도록 하죠."

"아무도 안 데려가십니까?"

배진수는 차준혁이 기절한 사내들 중 하나 정도는 데려
갈 줄 알았다.

"전문적으로 훈련받은 녀석들입니다. 괜히 본부로 데려

가봤자 문제를 일으킬 수 있으니 현재 선에서 일단락 짓는 것이 안전합니다."

IIS는 아직 완성된 것이 아니었다. 그런 상황에서 적을 내부로 들이는 짓은 위험성이 높았다. 특히 보통 사람도 아닌 야계(野鷄)와 관련 있을지도 모르는 이들이니 더욱 조심할 필요가 있었다.

"알겠습니다. 빨리 타시죠. 총성 때문에 경찰에 신고가 되었을지도 모릅니다."

논과 밭으로 둘러싸인 도로였지만 총성의 울림은 상당히 컸다. 도로의 앞뒤를 제외하고 빠져나갈 방향이 없으니 바로 움직여야 했다.

강원도 태백에 도착한 임설은 좋지 못한 표정으로 차에서 내렸다. 방금 전에 지부로 향하던 특수경호팀이 급습당했단 소식을 접했기 때문이다.

당연히 화가 났지만 내색하지 않고 차 앞으로 펼쳐진 흙길을 걸었다.

사각. 사각.

그녀는 배추밭 한가운데 지어진 조그만 가옥, 남편의 자택으로 향했다.

끼이이익.

녹이 슨 경첩에서 시끄러운 소리가 울렸다.

낡은 가옥은 가운데로 마당과 평상이 있었고, 주변으로 여러 개의 작은 방이 둘러싼 구조였다. 임설의 눈은 평상에 걸터앉아 있는 백발의 노인에게 향해 있었다.

바로 그녀의 남편인 김정구였다. 그는 소쿠리에 담긴 참나물을 손질하다가 임설에게 물었다.

"오늘은 웬일로 오셨는가."

평소에 방문하던 주말도 아니었기에 놀란 눈치였다.

"좋지 못한 일이 생겼어요."

임설은 천익의 본사에 들어섰을 때의 위용은 어디로 사라졌는지 심하게 움츠러든 자세로 다가섰다.

"회사가 털리고, 이번에는 아랫것들이 당한 일을 말하는 겐가?"

미리 연락한 것도 아니었는데 김정구가 알고 있었다.

그러나 임설은 놀라지 않으며 하려던 말을 계속 이어 나갔다.

"맞아요. 제대로 대처하지 못해서 미안해요. 그리고 상황이 너무 좋지 않은 것 같아요."

천익의 본사와 더불어 특수경호팀까지 급습당했다.

그럼에도 아무런 흔적조차 나오지 않았다.

회사의 CCTV는 해킹되었다지만, 지부로 향하던 특수경호팀이 당한 지역의 CCTV는 사건 발생 시각 앞뒤 1시간 간격의 영상이 삭제되어 있었다.

임설로서는 방책이 없어 답답할 뿐이었다.

"아무래도 만만치 않은 녀석들에게 찍힌 듯싶군."

"짐작되는 사람들이 있나요?"

김정구가 의미심장한 말투로 물었다.

임설은 여전히 참나물을 만지작거리는 그에게 가까이 다가갔다.

"임백호와 김봉원이 실종되었다더군."

그의 입에서 기지회의 주축 이름들이 흘러나왔다.

"녀석들이야 어차피 버린 패였잖아요. 그리고 원한 가진 놈들이 한둘도 아니니 어디 묻힌 것 아닐까요?"

"호랑이까지는 아니어도 하이에나 정도는 될 놈이지."

"그게 무슨 말이에요?"

임설은 의아해하며 되물었다.

"그런 놈은 아무리 무리를 잃었어도 짐승은 짐승이지. 사나운 짐승은 누구도 함부로 건드리지 않아."

김정구의 표정이 더욱 의미심장해지더니 다듬던 참나물을 손에서 털어냈다.

그의 말처럼 임백호를 노리는 조직들이 많았지만 그간 쌓아 온 경력은 무시할 수 없었다. 남부지역 기업과 정치인들과도 유착이 있으니 괜히 건드려봤자 자신들만 피를

볼지도 몰랐다. 당연히 욱하는 마음으로 건드릴 수 없는 위치였다. 하지만 그런 임백호, 김봉원과 부하들까지 모조리 실종당했다.

"정말로 누군가 우리를 노리고 그 둘을 납치했다는 건가요? 하지만 임백호는 아무것도 알지 못하잖아요."

애초부터 천익과 기지회의 진짜 주인은 김정구였다.

사람을 보호하는 경호원 파견 기업과 사람을 해하는 폭력조직. 그렇게 서로 모순된 조직을 김정구는 지금까지 배후에서 조종해 왔다. 물론 임설과 천익의 몇몇을 제외하고는 그런 진짜 배후를 알지 못했다.

"누군지는 모르지만 얼마 전부터 계속해서 행보가 막히고 있으니 말이야."

"짐작뿐인가요? 하지만 누가 우리를……"

그 물음에 김정구는 몸을 일으켜 집안 마루로 올라갔다. 임설도 그의 뒤를 따라서 천천히 걸었다.

마루에는 옻칠이 된 커다란 수납장이 놓여 있었다.

그 앞으로 다가간 김정구는 윗단에 조그만 서랍을 열었다. 안에는 비밀번호를 누르는 패드가 설치돼 있었다.

띠띠! 띠! 띠띠! 띠! 띠띠!

8자리의 비밀번호가 눌러짐과 동시에 수납장이 들썩이더니 사방으로 펼쳐지며 지하계단이 나타났다.

두 사람이 아래쪽으로 향하자 불이 켜지며 기다란 복도

가 드러나더니 끝으로 고급스런 거실이 나왔다.

겉으로는 낡은 것처럼 보이던 가옥의 비밀 공간이었다.

저벅. 저벅.

김정구의 옆으로 깔끔한 정장 차림의 중년이 다가와 섰다. 그는 40년간 김정구를 보필해 온 나도명이었다.

"이번 달 자금은 일단 입금되었습니다."

"얼마나 되지?"

"약 230억입니다. 그런데 대전의 서원과 광주의 진한 등등 몇몇 곳에서 수금을 미루어 달라는 요청이 들어왔나봅니다."

소파에 앉던 김정구의 미간이 일그러졌다.

"고작 230? 달마다 돈 나갈 곳이 많은데 고작 그것뿐인가?"

"전 달에 비해 대략 130억 정도가 모자랍니다. 아마도 모이라이라는 기업이 선점하는 시장이 많아진 탓인 듯싶습니다."

현재 대한민국의 섬유, 의류, 건설, 주식, 군수 쪽의 시장은 모이라이가 거의 독점한 상태였다.

대부분 거대한 자금이 운용되는 사업들이었기에 독점에 따라 피해보는 기업들도 생겨날 수밖에 없었다. 김정구도 그런 현상을 알고 있기에 더욱 고뇌하는 표정이었다.

"애초에 알았다면 싹부터 잘라버렸을 텐데 말이지. 지금은 너무 커버렸어."

"자체적으로 모이라이의 약점을 찾아보려 했지만 소용 없었습니다. 채권도 없을뿐더러 주식 보유자도 불투명한 부분이 많습니다. 거기다 자사 주식 보유량도 만만치 않아 흔들어보기가 어렵습니다."

나도명도 나름대로 많은 방법을 강구해봤다.

하지만 차준혁이 워낙 꼼꼼하게 방비해 놓은 탓에 그들이 찾아내는 것은 거의 불가능했다.

"완전히 철옹성이군. 흠… 아까 그곳들은 다음 달 상납금까지 면제해주도록 하지."

한두 푼도 아니고 100억이 넘는 돈이 모자랐다. 그럼에도 김정구는 눈 하나 깜짝하지 않고 오히려 자비를 베푸는 것 같았다.

"괜찮을까요? 기지회까지 무너진 상황에서 해외로 나갈 자금이 부족해질 수도 있습니다."

"성급한 재촉은 언젠가 화를 부르지. 내 아버지께서 하시던 말씀이셨어."

옛일을 떠올리듯 김정구의 시선이 허공으로 향했다.

지금의 자리를 만드는 데 두 사람의 영향이 컸기 때문이다.

"전대 총수님께서 늘 하시던 말씀이셨지요."

나도명도 김정구의 부친을 잘 알고 있었다.

20대일 때 잠시 모셨고, 숨을 거두던 그날까지 옆을 지켰기 때문이다.

"그보다 지부 근처에서 벌어졌던 그 일은 잘 수습되었나?"

사고를 당한 특수경호팀은 총기까지 소유하고 있었다.

경찰이 난입했다면 조용히 끝나기가 힘들었다.

그 부분 때문에 나도명은 소식을 접하고 최대한 깔끔한 방법으로 처리했다.

"바퀴 펑크로 인한 5중 추돌사고로 마무리해뒀습니다. 그리고 요원들도 다른 사람으로 바꿔쳐 놨으니 문제가 없을 겁니다."

김정구는 고개를 끄덕이며 임설에게 시선을 돌렸다.

"본사 급습 이후에 사라진 신입 경호원은 어찌 된 건지 알아봤는가?"

오정구라는 이름으로 입사한 차준혁에 대해서였다.

천익의 본사에 침입자가 들어왔던 뒤로 출근하지 않았으니 수상할 수밖에 없었다.

당연히 침입 용의자 선상에 올랐고, 조사를 시행했다.

"원래부터 존재하지 않았던 사람처럼 아무런 흔적도 남지 않았어요."

"그게 말이 되나? 출신지나 학교에서도 말인가?"

천익은 사람을 뽑는 데 철저함을 보였다.

신입사원이면 과거의 행적까지 조사하여 문제가 없는지 확실하게 확인했다.

"관계된 사람들까지 모조리 사라졌다는 말이에요."

"허어……."

어떤 사람이든 흔적이 남기 마련이었다. 그만큼 차준혁은 겨례회와 IIS의 도움으로 완벽한 신분을 만들어냈다.

특히 출신 학교에는 이지후가 서버를 해킹해 외부에서 서버로 접속한 경우 가상으로 만든 홈페이지와 전화번호로 연결되게 만들었다. 그리고 퇴직한 담임이나 동창생까지 요원으로 대처해 놓아 천익의 조사원과 대면시켰다.

상당히 긴박했지만 그런 도움 덕분에 차준혁은 아무런 문제없이 입사 심사를 통과할 수 있었다.

"누가 봐도 오정구란 자가 침입자겠죠."

"흔적이 아무것도 없는 건가?"

어떤 사람이든 흔적을 완벽하게 지울 수는 없었다.

그 때문에 김정구는 더욱 황당한 표정을 지었다.

"계속 알아보는 중이에요. 그런데 탈취당한 정보들은 어쩌죠?"

일단 시급한 문제는 정보였다.

임설도 그 사실을 잘 알기에 조마조마한 얼굴이었다.

"인증 프로그램의 코드는 모두 교체했겠지?"

"당연하죠. 열람 등급의 제한도 모두 올려놨어요. 임원

이상이 아니면 못 열어볼 거예요."

정보들은 자체적인 파일이 아니라 웹상의 인증 프로그램을 통과해야만 열렸다. 그렇기에 메인 서버에서 코드를 바꾸고, 인증 등급을 올리면 열람은 차단시킬 수 있었다.

"납치했던 녀석들에게서도 나온 것이 없고?"

"없어요. 고명훈이 계속 고문해봤지만 나온 것이 없다고 했어요."

김정구는 잠시 생각에 잠기더니 눈을 치켜떴다.

임설과 나도명은 그의 입이 열리기만을 기다렸다.

"이거 만만치 않겠어. 하지만 방법이 없으니… 먼저 우리의 계획에만 차질이 생기지 않도록 하지."

"그거라면 문제없이 진행되고 있어요."

임설은 자신 있다는 듯이 대답했다.

"절대 방심해선 안 될 일이야. 이 땅을 내 손에 넣기 위해선 말이지."

그 말과 함께 김정구는 거실 위쪽에 매달린 두 사람의 사진을 쳐다봤다.

사진 밑단에 한문으로 이름이 쓰여 있었다.

부친 김제성(金帝城)과 조부 박제순(朴齊純)이었다.

그런데 관계와 이름이 이상하게 느껴질 수 있었다.

조부가 박(朴)씨 성을 쓴다면 김제성과 김정구도 그래야만 했다. 그러나 거기에는 나름 이유가 있었다.

김제성의 모친인 김예진은 박제순의 본처가 아니었다.

조선 말기 숱한 기생 중 하나였을 뿐이다. 그러던 중 박제순의 아이를 가지고 동네를 떠난 후 혼자 낳아서 키웠다.

"족보에 이름조차 올리지 못한 증조부님께서 이 모습을 본다면 뭐라고 하실지……."

김정구는 박제순의 사진에 시선을 두며 중얼거렸다.

조부 박제순은 역사에 관심 있는 대한민국 사람이라면 어렵지 않게 알 수 있었다.

조선말기 외부대신, 농상공부대신, 참정대신, 내부대신, 자작, 중추원 고문까지 맡았던 것으로도 모자라 친일 반민족 행위자로서 나라를 팔아먹은 인물이었다.

김정구는 그런 친일파 박제순의 핏줄로 대한민국을 자기 손에 넣기 위한 목적이 있었다.

"걱정 마세요."

"아무렴… 지금까지 이뤄놓은 일이라면 절대로 실패할 리가 없지."

절대 실패하리라 생각하지 않았다. 지금의 목표는 부친인 김제성 때부터 준비해 왔기 때문이다. 그리고 나도명이 자금 상납 보고를 올렸던 기업들도 그런 준비의 일환 중 하나였다.

해당 기업들의 창업 초창기부터 자금을 빌려주고 뒷돈을

관리해줬다. 거기다 암암리에 분류별 사업 아이템을 공유하거나 밀어주는 식으로 유지시켰다.

김정구와 별세한 김제성의 노고 덕분에 기업들은 순탄하게 경영해 올 수 있었다.

기업들의 상납금은 그러한 노고에 대한 보답과 같았다.

"아버님이 이루지 못했던 그 꿈을 반드시 이뤄드려야지!"

천익에 대한 잠입 작전이 완전하게 종료되었다.

납치되었던 요원들은 평균적으로 전치 12주 진단을 받고 입원했다.

그사이 차준혁은 위장했던 신분을 모두 해제시키고 원래 자리로 돌아왔다. 물론 대외적으로 알 수 없도록 콩고와 입을 맞춰 은밀하게 움직였다.

그 이후에 이지후는 차준혁이 빼 온 정보들을 분석하다가 유레카를 외치며 달려 나왔다. 그가 다급히 엘리베이터에 올라타 차준혁의 사무실로 들어섰다.

"무슨 일이야?"

밀린 서류를 살피던 차준혁이 덤덤한 표정으로 물었다.

"알아냈다!"

"뭘?"

"천익의 자금이 운용되는 곳 말이야!"

"그게 진짜야?!"

깜짝 놀란 차준혁은 벌떡 일어나 그에게 다가갔다.

거친 숨을 몰아쉬던 이지후는 벽면에 걸린 화면을 정보팀 컴퓨터에 접속하여 바꿔주었다. 올 서치 프로그램으로 분류된 자금 운용의 궤적들이 지도 위로 그려졌다.

"파란색은 천익으로 자금이 들어간 것이고, 빨간색은 천익에서 자금이 옮겨진 곳이야. 방법은 일전과 똑같아."

정치 후원금과 불법자금을 우회로 운영했던 김태선과 기지회에서 쓰인 방법을 말함이었다.

"잘도 찾아냈네."

"의외로 단순한 곳으로 분류되어 있더라."

"그게 어딘데?"

차준혁의 물음에 이지후는 목을 가다듬고 말을 이었다.

"자금이 들어온 출처는 회계팀 경호원들의 특수 업무 처리된 영수증. 정보를 열람한 기업들을 뒤져보니까 사라진 자금의 합계와 얼추 맞더라."

이지후가 만든 올 서치 프로그램은 일종의 수학적 규칙을 기반으로 한 알고리즘이었다. 특수한 법칙과 한계치를 결정해 조건에 부합된 결과를 찾아낼 수 있었다.

"엄청나네… 그런데 자금은 대부분이 해외로……."

궤적을 따라 화면을 돌려보던 차준혁은 자금이 들어간 목적지를 보고 말끝을 흐렸다.

[세인트메디슨컴퍼니]

의외의 장소였기 때문이다.

"저기로 왜 돈을 보낸 거지?"

"뭔가 이익이 생겨서 그런 것 아닐까?"

사업가는 돈이 되지 않으면 자금을 돌리지 않는다. 당연히 세인트메디슨컴퍼니에도 그런 이유가 있을 것이다.

'도대체 뭘 노리고 저런 거액을 주기적으로 집어넣고 있는 거지?'

차준혁은 IIS에서의 기억을 떠올려보았다. 당시 세인트메디슨은 마약왕 할리스와 결탁하여 마약성분 약품을 비합법적으로 저가에 매입 및 판매했다. 물론 그것만으로는 할리스가 손해였다. 그래서 세인트메디슨은 타국의 마약 반입에 힘을 써줬다. 애초부터 약품이 반입되는 것이니 해당 국가에서도 마약을 잡아내지 못했다.

'설마 마약에 투자하는 것인가? 그건 아닐 거야. 천익이 야계의 본진이라면 들통 나기 쉬운 범죄로 자금을 쓸 리가 없어.'

마약은 국제적으로도 감시대상이다. 다만 세인트메디슨이야 정치적으로도 어두운 연결고리가 많은 덕분에 지금처럼 유지될 수 있었다. 하지만 지금까지 은밀하게 지켜진 조직이 손을 대기에는 위험성이 너무나 컸다.

'그때 세인트메디슨에서 큰 이익을 봤던 사업이…….'

기억이 하나하나 또렷해지며 당시의 중요 사건들이 떠올랐다.

'신약…! 종합백신!'

문득 생각난 사건 하나가 엄청났다. 거기다 국내가 아닌 해외에서 벌어졌던 사건이라서 차준혁도 미처 떠올리지 못했다.

본래 미래인 2008년에서 2009년 사이에 신종인플루엔자 C형이 미국에서 유행하며 국민들의 불안감이 심각하게 고조되었다. 한미관계에 있어 입국자들을 거부하기도 힘든 상황이니 정부로서는 난감한 상황이었다.

그때 김태선은 미국의 세인트메디슨에서 개발한 종합백신을 국내로 들여올 수 있도록 조치했다. 당연히 국민들은 안도와 함께 김태선의 열렬한 지지자가 되었다.

그것은 김태선을 차기 대통령으로 만드는 데 확인도장을 찍어주는 것과 같았다.

'설마 아니겠지… 미치지 않고서야 그딴 짓을 저지를 수는 없잖아!'

무시무시한 생각이 차준혁의 머릿속을 가득 채워 갔다.

진심으로 상상도 하기 싫은 생각이었다.

"왜 그래?"

차준혁의 표정이 심각해지자 이지후는 고개를 갸웃거렸다. 솔직하게 대답해주고 싶었지만 미래에 벌어지는 일이기 때문에 말해줄 수 없었다. 그래서 자세한 상황을 파악하기 위해 다른 질문을 던졌다.

"지금까지 천익에서 세인트메디슨으로 들어간 금액이 얼마나 되는 거야?"

"잠깐만."

그는 프로그램으로 합산하려는지 자판을 두드렸다.

오래 걸리지는 않았다. 화면이 바뀌면서 정보에 남은 이동된 자금의 계산이 이뤄졌다.

"영수증에 남은 흔적으로는 5년 전부터야. 그때부터 평균 월당 350억씩, 대략 2조 1천억이네."

"역시… 천익에서 아무것도 없이 그만한 자금을 투입할 리가 없지."

"뭔가 알고 있는 거야?"

"그동안 세인트메디슨에 대해 조사한 정보들 있지?"

대답 대신에 되물어지자 이지후는 고개를 끄덕였다.

"지금도 계속 수집 중이긴 하지. 특히 할리스와 거래되는 마약에 대해서는 충분해. 지금이라도 터트리면 INCB

와 미국의 DEA에서 가만히 있지 않을걸?"

두 기관 모두 마약을 단속하는 조직이었다. 특히 INCB는 국제마약 감시기구로 평소에도 마약왕 할리스를 노렸다. 하지만 거대한 세력권이나 세계 범죄조직과도 깊은 연관이 있어 함부로 건드리지 못했다.

"일단 그 자료들을 INCB랑 DEA로 넘겨. 그리고 우리는 골드라인부터 시작하도록 하자."

"드디어 움직이는 거야?"

지금까지 준비만 해 왔던 이지후는 몸이 근질거렸다는 듯이 기지개부터 켰다.

"너무 몸을 움츠리고 있어도 좋지 않잖아. 그리고 힘도 충분히 모였으니 제대로 보여줘야지."

말과 다르게 차준혁의 눈빛은 날카로워져 있었다.

지금의 사태를 알게 되면서 심각성을 깨달았기 때문이다. 이미 모이라이는 어떤 기업이든 쉽게 건들지 못하도록 성장시켰다. 대한민국 경제중추에 깊게 관여되어 있었고 비밀조직인 IIS를 독립시키기까지 했다.

'먼저 김태선과 골드라인의 관계부터 끊어버리면서 인지도를 떨어뜨려 해.'

김태선은 괜히 차기 대권주자라 불리는 것이 아니었다.

변호사 시절부터 지금의 의원생활까지 누구에게나 청렴함을 보여주며 살았다. 사람들은 그런 그가 대통령에 당선

되어야 한다고 생각하고 있었다.

갑작스럽게 부정부패의 증거를 까발린다고 한들 모함이라 생각할지도 몰랐다. 다음 대선까지 남은 2년 동안 철저하게 김태선의 진실을 국민들에게 폭로시켜야 했다.

차준혁이 또다시 생각에 잠기는 사이 이지후가 물었다.

"그런데 김태선이랑 천익은 무슨 관계인 거야? 지금까지 같은 자금운영 방식을 썼다는 것뿐이지 직접적으로 연관된 모습이 없었잖아."

이지후의 말처럼 현재까지 김태선의 비리를 알아낸 것은 모이라이와 겨레회뿐이었다. 국민들은 여전히 김태선이 차기 대권주자라며 기대했다.

"뭔가 밀접한 관계가 있겠지. 너도 생각해봐."

"내가 알 만한 건… 김태선 의원이 불법후원자금 말고는 너무나도 깔끔하단 것뿐인데…….

김태선의 계좌와 카드내역까지 털었던 이지후는 깜짝 놀란 적이 있었다. 현금만 사용했는지 카드 이용내역이 거의 전무했다. 계좌에는 의원 월급인 500만 원만 주기적으로 입금됐다. 사용된 현금도 거기서만 인출된 것으로 추정되었다. 아직까지 확실한 관계가 입증되지 않았으니 이지후의 반응도 당연했다.

"이제부터 밝혀내야지. 지금대로라면 우리의 목표 중 하나와 겨레회의 목표가 같으니까."

차준혁의 목표는 본래 골드라인과 자신과 동료들을 버렸던 국가와 IIS였다. 그러다 차기 대통령 김태선에 대한 의문이 가중되며 새로운 목표로 잡혔다.

"그럼 뭐부터 할까?"

"앞에서는 골드라인 뒤에선 세인트메디슨. 흔들리는 대로 주가를 떨어뜨려 매입시켜."

"정보는?"

지금까지 모아온 각 기업들에 대한 약점들을 묻는 것이다.

"녀석들도 막으려고 애를 쓸 거야. 그때마다 하나씩 추가로 터뜨려줘."

"OK!"

이지후는 대답과 함께 자리에서 일어나 정보팀 사무실로 돌아갔다.

쉽게 무너지지는 않겠지

 [H그룹 박해명 회장의 삼남 박원준 씨가 약 8년 전 XX시
에서 발생한 강간살인 사건의 진범으로 기소되었습니다.
당시 기소되어 유죄판결을 받은 진범은 박원준 씨의 2명
의 친구였습니다. 실상은 배후에 박원준 씨가 있었으며,
기업의 재력을 이용해 사건을 담당한 검사와 경찰까지 매
수된 것이라 밝혔습니다. 이는 검찰과 경찰에게 있어 또다
시 불신을 주었습니다. 하지만 제대로 된 진범을 잡지 못
한 것을 사과하는 모습은 신뢰를 향한 첫 걸음이 되지 않
을까 합니다.]

그 뉴스로 인해 세상은 발칵 뒤집혔다.

살인을 감춘 대기업의 횡포와 이에 동조한 검찰과 경찰에 대한 비난이 쏟아졌다. 다른 누구도 아니고 대기업의 회장이 자식의 강간살인 사건을 은폐한 것이니 말이다.

하지만 기업들 간의 유착도 만만치 않아 주가에는 크게 변동이 없었다. 그저 기업에 실망한 소액주주들만 주식을 던질지 말지를 고심했다.

해명그룹 회장 박해명은 그런 상황에서 셋째아들 박원준이 잡혀 들어간 것이 답답했다.

"검찰에서는 여전히 답변이 없나?"

"계속 접촉하고 있지만 묵묵부답입니다."

검찰과 경찰의 중추는 이미 겨레회에게 장악된 상태였다. 특히 이번 사건에는 외압이 들어가지 못하도록 검사라인을 겨레회원으로 배치시켰다.

당연히 해명그룹의 접촉이 불가할 수밖에 없었다.

"홍명문 그놈도 전화를 받지 않으니……."

박해명이 중얼거린 이름은 현 서울중앙지검장이었다.

예전에 박원준을 사건의 용의선상에서 제외시켜줄 때도 큰 도움을 줬다. 그런데 지금은 몇 번씩 전화했음에도 받지 않았다.

"어떻게 할까요?"

그 물음과 함께 박해명의 시선이 TV로 향했다.

현재 해명그룹과 마찬가지로 고난을 겪는 중인 회사가 한 곳 더 있었다.

[용진로펌의 김용진 씨는 조카 김종원 씨의 심신미약 및 정당방위로 판결 내려졌던 사건에 대해 압력과 사건조작을 행했다고 밝혀졌습니다. 검찰 측에서는 H그룹 사건은 폐와 더불어 철저하게 수사할 것이라 발표했습니다.]

골드라인의 방패였던 용진로펌도 지난 사건으로 고초를 겪는 중이었다. 다만 일사부재리(一事不再理)의 원칙으로 김종원을 재소할 수는 없었다.

대신 변호사라는 부분을 파고들어 증거 조작 및 공무집행 방해, 뇌물수수 등으로 엮였다.

"대체… 이게 무슨 난리인지 모르겠군."

박해명은 탄식을 흘렸다.

"이 사태에서 뭘 어쩌겠나. 최대한 부정해야지."

박원준의 범죄 사실만 표면으로 떠오른 것이면 그냥 인정하고 교도소에 보내면 그만이었다. 다른 두 아들과 다르게 박원준은 망나니나 다름없으니 포기하는 것이 나았다. 하지만 기업의 횡포가 사건의 주가 되어 빠져나가기가 힘들었다.

"어찌 되었든 우리 그룹이 더 이상 흔들리지 않도록 조치해보게."

"알겠습니다."

신지연은 차준혁을 보며 깜짝 놀란 표정을 지었다.

"앞으로 미국에서 신종 인플루엔자가 돌게 될지도 모른다는 말인가요?"

"맞아요."

그녀는 차준혁이 미래를 알고 있다는 사실도 이미 접했기에 믿을 수밖에 없었다.

"그걸 세인트메디슨에서 꾸민 것이란 말이죠?"

"정황상으로는 그래요."

당시 타이밍은 너무 절묘했다. 미국에서 인플루엔자가 돌기 시작하면서 한미관계에 위기가 찾아왔다.

그러나 세인트메디슨이 인플루엔자에 효과가 있는 종합 백신을 개발하면서 크게 악화되지는 못했다.

다만 대한민국에서는 그 백신이 수입되지 못해 국민들의 불안감이 고조되었다. 아무리 백신이 미국 전역으로 보급되었다 해도, 타국으로 넘어가 예방접종을 받지 못한 사람에게 전염시킬 수 있었기 때문이다.

"어떻게 그런 무시무시한 계획을⋯⋯."

"김태선이 친일파 조직을 배후로 두고 있다면 대통령이 되는 것이 최우선의 목적일 거예요. 그걸 위한 확실한 마침표를 찍으려는 것이죠."

천익이 상당한 기간 동안 세인트메디슨에 자금을 보낸 이유는 바로 종합백신을 위해서일 것이다.

종합백신 개발에 자금을 투자.

그것으로 대통령 당선에 등까지 밀어준 것으로도 모자라 투자대비 이익까지 엄청날 것이 분명했다.

그들에게 있어서 그야말로 완벽한 시나리오였다.

"이 정도까지 준비했다면 만만치 않겠어요."

"눈치채는 것이 좀 늦긴 하지만 괜찮아요. 대신 생각했던 것보다 배후가 상당해서 문제긴 하지만요."

김태선과 천익이 어떤 관계인지도 의문이었다.

거기다 해명에서 지원해주는 것처럼 선거후원금을 대준 흔적도 없었다. 천익이라면 김태선에게 선거자금도 충분히 지원해줄 수 있을 텐데 그러지 않았던 것이다.

"이 팀장님에게 들으니 일단은 해명과 용진을 흔들 거라고 들었어요. 어차피 남송에 대한 약점도 잡고 있으니 같이 터뜨려도 되지 않아요?"

남송그룹의 약점은 기업의 존폐가 걸린 정도였다. 계열사들의 분식회계 장부라면 천성건설 때처럼 무참하게 무너뜨릴 수 있었다. 하지만 차준혁은 다른 생각이었다.

"지연 씨. 숲에 호랑이가 없으면 누가 왕이 되려고 하는지 알아요?"

"속담이라면… 여우이지 않나요?"

신지연은 조심스럽게 대답하며 차준혁을 쳐다봤다.

"맞아요. 그럼 골드라인의 수장이 없어진다면 누가 그 자리에 앉으려고 할까요?"

현재 골드라인은 해명그룹, 남송그룹, 천환그룹, 용진로펌. 국내 최상위 기업들이 모여 만든 공동조직체였다.

현재는 해명그룹이 수장으로서 서로 이익을 볼 수 있는 사업들을 주도했다. 물론 사업을 주도하는 기업이 제일 큰 이익을 가져간다. 그렇다면 해명그룹의 위세가 약해질 시의 상황은 뻔했다.

"설마 해명그룹과 용진로펌을 흔들면 남송이 그 자리를 노릴 거란 말인가요? 하지만 남송은 우리에게 약점이 잡혀 있잖아요."

얼마 전에 꼼수를 부리던 남진수의 계획까지 완전히 무너뜨렸다. 거기다 모이라이는 함정까지 파서 남송의 계열사 주식까지 야금야금 집어삼킬 수 있었다.

"오히려 그런 상황이라 해명그룹을 노릴 수 있는 거겠죠. 아마 천환도 마찬가지겠죠."

용진로펌을 제외한 3개의 그룹은 이등변삼각형 구도로

균형이 이루어져 있다. 그것이 무너진다면 거의 동등했던 위치를 노릴 것이 분명했다.

"하지만 서로 도와주지 않을까요? 그래도 서로 돕겠다고 골드라인을 만든 것이잖아요."

"놈들이 늑대라면 모를까. 호랑이는 절대 무리를 이루지 않아요."

과찬처럼 들릴 수 있지만 절대 아니었다. 물론 과소평가하는 것도 아니었다. 그들도 나름대로 험한 여생을 버티며 살아 지금의 위치까지 올랐으니 말이다.

'누군가 등만 떠밀어주면 확실하게 움직이겠지.'

차준혁은 남송그룹과 더불어 천환그룹도 가만히 있지 않을 것이라 예상했다. 만약 그렇지 않더라도 차준혁이 등을 밀어줄 생각이었다.

"정말 그 추측대로 움직일까요?"

그의 애매모호한 설명에 신지연은 고개를 갸웃거렸다.

[세인트메디슨컴퍼니의 잔혹한 거래.]

[마약성분 약품수출에서 순도 99.9%의 신종마약 스피더스 발견!]

[국내 제일의 제약회사. 아시아 5개국, 중동 3개국, 남아

프리카 7개국으로 마약 밀수출!]

대한민국의 기업들이 요동치는 사이 며칠이 지났다.

세인트메디슨컴퍼니 본사는 미국의 각종 신문사에서 대서특필한 기사와 뉴스로 인해 뒤집혔다. 이지후가 지금까지 모이라이에서 수집해 온 세인트메디슨과 할리스의 거래증거를 미국 신문사로 보내 터뜨린 것들이었다.

"……."

세인트메디슨컴퍼니의 전무 길버트는 그런 뉴스들이 1면을 장식한 신문들을 보고 경악을 금치 못했다.

"어떻게 이 일들이……."

뚜르르르! 뚜르르르!

그 순간 내선전화가 사납게 울려댔다.

번호를 확인한 길버트의 표정은 더욱 어두워졌다.

"저, 전화 바꿨습니다."

―지금 당장 내 사무실로 올라오세요!

노성을 터뜨린 사람은 회장 노먼이었다. 분위기가 좋지 않다는 것은 누가 들어도 알 수 있었다.

"아, 알겠습니다."

길버트는 내선전화를 끊고 곧장 노먼의 사무실로 올라갔다. 기다리고 있던 비서가 문을 열어주었다.

팍―!

88

노먼은 보고 있던 신문부터 책상 위로 집어던졌다.

길버트가 방금 전까지 확인하던 것과 같은 신문이었다.

"이게 사실입니까?"

"그, 그건……."

사실 할리스와 마약거래는 세인트메디슨에서 길버트와 제품을 관리하는 중요인원만이 알고 있었다.

물론 엄청난 사건이란 것을 길버트도 잘 알았다.

하지만 돈에 대한 탐욕은 누구도 막기 힘들었다. 그리고 상당히 쏠쏠한 부업이었고, 절대 들키지 않을 것이라 자부했다.

"사실이 아닙니다!"

길버트는 테이블에서 미끄러져 떨어진 신문을 보며 부정했다.

"그럼 대체 어떻게 된 것입니까?! 기사에 찍힌 사람은 관리부장인 마크가 아닙니까!"

기사는 글자로만 적힌 것이 아니었다.

방금 전 거론된 관리부장 마크와 정체불명의 사내가 무언가를 은밀하게 주고받는 장면이 찍혀 있었다.

"당장 경위를 조사해보겠습니다."

"그걸 지금 말이라고 하는 겁니까? 방금 전에 전무와 같이 호출하려 하니 아직 출근하지 않았다고 합니다."

관리부장 마크 테이스는 길버트의 직속 부하였다.

다른 기업에서 길버트를 스카웃해 올 때 옵션 채용으로 같이 데려온 인물이기 때문에 노먼이 물었던 것이다.

"저도 모르고 있었던 일입니다."

"어떻게 된 것인지 바로 알아보고, 오늘 내로 경위서를 제출하세요."

"아, 알겠습니다."

사무실에서 나온 길버트는 똥 씹은 표정을 지으며 핸드폰을 꺼내들었다.

우우우웅! 우우우웅!

전화가 걸려왔다. 마크였다.

주변을 한 번 둘러본 길버트는 비상계단으로 나가 통화 버튼을 눌렀다.

"마크! 지금 어디야!"

―저, 전무님! 그게…….

조간신문과 뉴스로 인해 마크는 출근하려던 발걸음을 돌려 몸부터 숨겼다. 그리고 지금은 상황을 파악하기 위해 전화를 건 듯했다.

"지금 사태를 알고는 있는 겁니까?"

―신문을 봤습니다만… 어떻게 된 것인지 모르겠습니다. 그리고 지금은 도시 바깥으로 나와 있습니다.

언론사들이 떠들썩하게 방송해댔으니 마약단속기관에서도 가만히 있지 않을 것이다. 물론 수사가 진행된 것인

지는 모르지만 만약을 위해 숙소도 잡지 않았고, 차에서조차 내리지 못했다.

"크흠! 자네도 알다시피 상황이 너무 좋지 못해. 방금도 노먼 회장에게 호출받아 한소리 듣고 왔단 말이네."

―예…? 그, 그럼 어떻게 합니까? 혹시… 절 버리시거나 하시진 않으시겠죠?

사진에 찍힌 것도 마크 혼자뿐이었다.

현재 상황에서 길버트가 나 몰라라 한다면 모든 죄는 마크가 뒤집어쓰게 되었다.

"걱정하지 말게. 일단 자네를 도와줄 사람을 보내줄 테니 접촉하기 적당한 장소만 정해서 연락해주도록 하게."

―가, 감사합니다. 그런데 제 아내와 아들은…….

마크는 몸부터 피한 뒤 집에 연락해두었다.

그러나 신문기사를 보고 걱정하고 있을 가족이 걱정되었기에 말꼬리가 흐려졌다.

"가족 걱정은 하지 말게. 위치부터 보내주면 사람과 같이 보내주도록 하지."

그 대답과 함께 길버트의 눈빛에 서늘함이 감돌았다.

위이이잉―!

뉴욕공항 입국장 문이 열림과 동시에 카메라 플래시가 터지기 시작했다.

"이거… 정신이 너무 없네."

입국장에서 나온 사람은 다름 아닌 차준혁과 신지연이었다. 그 주위로는 모로코 때 동행했던 보안팀장 정진우와 팀원들이 경호하며 서 있었다.

"대표님의 방문이 미국에도 엄청난 영향을 끼치나봐요."

신지연은 사정없이 터지는 플래시에 방향부터 확인하며 길을 이끌었다. 입국장 바리게이트를 넘어서자 기자들은 파도처럼 몰아쳤다. 그리고 영어로 정신없이 질문을 던져댈 뿐이었다. 하지만 차준혁은 아무런 대답도 하지 않은 채 신지연과 함께 공항 앞 대기 중인 차량에 올라탔다.

"오셨습니까."

운전석에는 배진수가 앉아 있었다.

"다른 요원들을 놔두고 직접 운전을 맡으신 겁니까?"

"상황이 상황이다 보니 보고체계의 간략화를 위해 제가 현장의 백업만 맡기로 했습니다. 형식적으로는 미국에서의 전담 운전기사로 알고 계시면 됩니다."

그가 진지하게 말하자 차준혁은 고개를 끄덕였다.

"나쁘지 않은 판단이네요. 일단 보고는 숙소로 향하면서 듣기로 하죠."

"알겠습니다."

보안팀의 차량이 차준혁이 탄 차량의 주위를 둘러싸며 달렸다. 그와 동시에 배진수는 챙겨둔 서류를 뒤로 내밀고 입을 열었다.

"일단 세인트메디슨컴퍼니는 기업 내 마약거래에 있어서 아직 성명을 발표하지 않고 있습니다."

서류는 기업에서 거래와 관계된 인물들의 리스트였다. 차준혁은 그것을 읽으면서 다른 질문을 했다.

"마크 테일러는 어떻게 됐습니까?"

"뉴스속보와 함께 뉴욕 바깥쪽으로 도망을 쳤습니다. 일단 그와 가족들을 모두 감시하는 중입니다."

"길버트는 분명히 마크를 없애고 모든 죄를 덮어씌울 겁니다. 우린 그걸 막아야 하고요."

현재 세인트메디슨컴퍼니는 뉴스로 인해 국민들의 엄청난 불신을 겪었다. 미국 최고의 제약회사가 마약거래에 도움을 준 것이니 당연한 반응이었다.

이에 사건의 중심인물인 길버트는 어떻게든 조용히 처리할 계획일 것이다. 물론 죄를 인정하지 않을 테니 오로지 마크가 혼자서 한 것으로 말이다.

우우웅! 우우우웅!

그때 배진수의 핸드폰에 메시지가 도착했다. 미국으로 잠입해서 들어온 IIS요원에게 온 연락이었다.

"마크 테일러의 가족들이 어떤 사내들과 이동하기 시작했다고 합니다."

"드디어 움직이나보네요. 요원들은 모두 제대로 들어온 것이겠죠?"

"저를 제외한 15명. 전부 문제없이 입국했고, 배치된 장소에서 미행과 감시를 하고 있습니다."

차준혁은 그 대답을 들으며 만족했다.

"어떻게 해서든 마크 테일러는 우리가 확보해야 합니다. 그 사람이 길버트의 목을 옥죌 테니까요."

"하지만 대표님께서 직접 움직이실 필요가 있겠습니까?"

이번 임무는 마크 테일러의 탈환이었다.

천익 미국지사의 요원들이 배치되었긴 하지만 IIS요원들도 상당수 준비되었다.

"이제부터 임무에 예외를 두지 마세요."

반면 차준혁은 천익의 본사에서 마주했던 사내가 있기에 걱정될 수밖에 없었다. 자신과 비등한 실력을 가졌으니 그가 나선다면 IIS요원들로서도 쉽지 않을 것이다.

"저번에 말씀하셨던 사내 때문인가 보군요. 헌데 그자가 여기까지 나타날까요?"

정체불명의 사내에 대해서는 ISS에도 보고를 넣어두었다. 만만치 않은 실력자이니 요원들이 방심하다 당할 수

94

있었기 때문이다.

"혹시 모릅니다. 거기다 이번 임무는 만전을 기해야 하니까요."

차준혁은 이번 임무를 준비하기 전까지 C등급으로 분류된 천익 경호원들의 인사자료를 확인했다. 정체불명의 사내는 각종무술을 사용했다. 보통 사람이라면 쉽게 지닐 수 없는 실력이었다. 당연히 특이한 이력의 소유자일 테지만 인사자료에서 그런 사람을 찾을 수 없었다.

그사이 차량은 숙소로 가기 위해 공항도로를 벗어나 뉴욕 외곽으로 빠져나갔다. 가옥들이 듬성듬성 자리 잡은 지역이었다. 일부러 사람들이 많을 호텔을 피해 단독주택으로 된 가옥으로 구해 놓았다. 미리 보내놓은 모이라이의 보안팀원들이 그 주위를 지킬 수 있도록 조치까지 했다.

차량이 가옥으로 들어서자 뒤를 따라오던 기자들은 보안팀에게 막혀 더 이상 들어오지 못했다.

마크 테일러는 뉴욕에서 1시간 정도 떨어진 뉴저지 프린스턴 거리에 차를 세워 놓았다.

약 2시간 전에 전무인 길버트와 통화를 마치고 계속 긴장한 상태였다. 거기다 마약단속기관의 추적이 있을까봐

핸드폰도 꺼놓았다. 신용카드도 사용할 수 없었고, 뉴스
에 뜬 얼굴 때문에 차 밖으로 나가지도 못했다.

"……."

똑똑.

그때 누군가 다가와 운전석 창문을 두드렸다.

짙은 선글라스를 쓴 흑인 남성이었다. 사내는 고개를 돌
린 마크를 향해 신분증을 내밀어 보였다.

Heavenly Wing Andrew Garcia

사진과 함께 천익 앤드류 가르시아라는 이름이 영문으로
적혀 있었다. 천익은 해외에도 지사가 있어서 그쪽 요인들
의 경호도 도맡고 있었기 때문이다.

위위위잉.

마크는 조심스럽게 창문을 내렸다.

"혹시… 길버트 전무님께서 보내신 겁니까?"

"맞습니다."

마크는 목을 살짝 빼 차 주변부터 한 번 훑어봤다. 앤드
류와 같이 왔을 거라 생각한 아내와 아들을 찾기 위해서였
다. 하지만 돌아다니는 사람만 있을 뿐 가족은 보이지 않
았다.

"제 가족들은 같이 오시지 않았습니까?"

"이목이 많아 다른 곳에서 기다리게 했습니다. 저와 같이 가시면 만나실 수 있을 겁니다."

"저, 정말입니까? 후우……!"

마크는 크게 안도하며 운전석 시트로 몸을 기대었다.

"운전은 제가 하겠습니다. 내리지는 마시고 옆으로 옮겨주시죠."

"알겠습니다.

대답과 함께 마크는 조수석으로 몸을 옮겼다. 앤드류는 곧장 운전석으로 올라타고 시동을 걸고 출발했다.

"길버트 전무님께서 전하신 말씀은 없으셨습니까?"

"모든 상황은 자신이 알아서 정리할 테니 그때까지 조용히 지내고 있으라고 하셨습니다."

"전무님께서도 난처하실 텐데……."

솔직히 마크는 길버트 전무가 자신을 버릴까봐 걱정되었다. 그런데 가족까지 보내주고, 일까지 정리해주겠다고 하니 안도할 수 있었다.

"그런데 애니와 필립은 어디에서 기다리고 있는 겁니까?"

아내와 아들의 이름이었다.

"록시티커스에 마련된 천익 소유의 가옥에서 기다리고 계십니다."

그곳은 프린스턴에서 차로 50분가량 떨어진 지역이었

다. 주변으로 산림보호구역이 많아 인적이 많지 않았다.

"애니가 어떻게 된 일인지 묻지는 않던가요?"

"상황에 오해가 있는 것으로 말해두었습니다. 아내 분께도 기다리시면 정리될 것이라 설명했으니 걱정하지 않으셔도 됩니다."

그 대답을 끝으로 앤드류는 입을 다물었다.

차는 그렇게 계속 달려 록시티커스 지역으로 들어섰다. 마크는 앤드류가 말한 위치와 점점 가까워지자 가족들을 보고 싶단 생각만 가득했다.

차가 가옥이 듬성듬성 지어진 곳으로 들어섰다. 앤드류는 그중 제일 안쪽에 있는 집으로 차를 몰아 들어갔다.

"이곳입니까?"

"맞습니다. 빨리 들어가시죠."

그가 차에서 내리자 앤드류는 핸드폰을 꺼내 무언가를 확인했다. 방금 전에 무음으로 도착한 메시지였다.

[자살로 위장. 1시간 뒤에 장소 노출 예정.]

천익에서는 앤드류에게 마크 테일러와 그의 가족들을 모조리 죽이라고 지시했다. 물론 살해당한 것으로 했다간 의심을 살 수 있었다. 그래서 죄책감에 의한 자살로 위장하여 죄만 뒤집어 씌우려 했다.

철컥!

앤드류는 마크가 차 밖에서 기다리는 것을 보며 권총부터 장전시켜 놓았다.

"안 가십니까?"

그사이 집으로 들어가지 않고 앤드류를 기다리며 물었다.

"가도록 하시죠."

두 사람은 집안으로 들어갔다. 그런데 마크의 가족이 있을 집안은 너무나도 고요했다. 순간 이상함을 느낀 앤드류가 벽으로 붙으며 장전해 놓았던 권총을 꺼내들었다.

"왜, 왜 그러시죠? 제 아내랑 아들은 어떻게 된 겁니까? 여기에 없는 겁니까?"

"쉿! 기다리십시오!"

원래대로라면 마크의 가족과 동행한 천익의 요원들이 있어야 했다. 하지만 그들은 보이지 않았고, 여전히 아무런 소리도 들리지 않았다.

뭔가 잘못되었다고 생각한 앤드류는 총구의 방향을 틀어 마크의 관자놀이에 갖다 댔다.

"왜, 왜 이러십니까?"

"저는 위에서 지시한 대로 움직일 뿐입니다."

"설마……."

마크는 그와의 만남 자체가 함정이었다는 것을 깨달았

다. 동시에 가족들이 걱정될 수밖에 없었다.

"내 가족들은! 가족들은 어떻게 된 거지?"

"오래 걸리지 않아 같은 곳으로 보내드리죠."

방아쇠에 걸린 앤드류의 손가락이 움직이려 할 때였다.

쨍그랑! 깡—!

그 순간 1발의 탄환이 창문을 깨뜨리며 날아와 앤드류의 권총을 날려버렸다. 동시에 2층에서 온통 검은색 특공대 복장을 한 사내들이 우르르 내려오더니 곧바로 앤드류에게 달려들었다.

앤드류도 나름 가혹한 훈련을 받아 경호원이 되었다. 당연히 그런 이들을 보고 가만히 있지 않았다. 저린 손으로 주먹을 쥐고 그들에게 휘둘렀다.

퍼퍽! 퍽! 퍽!

하지만 그의 공격은 허공만 갈랐다. 돌격해 온 사내들은 모든 주먹을 피하고 앤드류를 순식간에 제압했다.

앤드류는 팔이 꺾인 채 엎드려져서 소리쳤다.

"너희들 대체 뭐야!"

사내들의 움직임이나 공격체계는 보통이 아니었다.

때문에 앤드류는 마약단속기관에서 보낸 특수부대라고 생각했다. 그러나 아무런 정보도 새어 나가지 않은 상황인데 벌써 정부가 알 리가 없었다.

저벅. 저벅.

계단에서 다른 이들과 똑같은 특공복의 사내가 걸어 내려왔다. 주변을 경계하던 이들은 그에게 경례를 올렸다. 누가 봐도 사내들의 상관이라는 것을 알 수 있었다.

사내가 눈짓을 주자 앤드류를 잡고 있던 이들이 목의 경동맥을 졸라 기절시켰다. 다음 시선은 어느새 주저앉은 마크에게 향했다.

"모시고 내려와."

그의 명령이 떨어지자마자 몇몇 요원들이 위로 올라가 마크의 아내와 4살 된 아들을 데려왔다.

"애니! 필립!"

"마크!"

그의 아내는 어린 아들을 안고 급히 내려와 마크의 품에 안겼다.

"어, 어떻게 된 거야? 몸은 괜찮아? 필립은?"

"괜찮아요. 저분들이 나타나서 우릴 구해줬어요."

"이… 사람들이?"

마크는 주변에 선 10명의 사내들을 보았다.

그중에 상관으로 보이던 사내가 계단을 마저 내려와 복면을 벗었다. 사내의 정체는 유강수였다.

"앞으로 마크 테일러. 당신의 신변은 우리가 보호하겠습니다."

"당신은 누구십니까?"

"제 정체보다는 당신의 앞날부터 걱정해야 하지 않을까요? 방금 전에 봐서 아시겠지만 길버트 전무는 당신을 죽이고, 당신에게 모든 죄를 덮어씌울 겁니다."

마크의 표정에 어둠이 내려앉았다. 굳이 유강수가 설명해주지 않아도 자신이 처한 상황을 잘 알았기 때문이다.

"그건……."

"당신이 지은 죄도 잘 아시겠죠. 하지만 그것 때문에 살해당하시겠습니까? 가족들과 함께 말입니다."

이미 배신당했다는 사실을 자각한 마크는 아내와 아들을 보며 주먹을 쥐었다. 처음부터 지금까지 돈 때문이었지만 이런 식으로 버려질 줄은 생각도 못 했다.

"어떻게 하시겠습니까? 저희들과 같이 가시겠습니까? 그렇게 하신다면 합당한 처벌과 뒷일까지 안전을 보장해드리겠습니다. 물론 가족들도 말이죠."

유강수의 제안에 마크의 눈동자가 흔들렸다.

어차피 지금 상황에서 그의 선택지는 많지 않았다. 거기에 가족을 위한다면 선택은 한 가지뿐이었다.

"알겠습니다."

결정이 내려지자 유강수는 요원들을 쳐다봤다.

"A조는 안전가옥으로 이분들을 모셔라. 그리고 나머지 조는 정리한 뒤에 신속하게 이탈한다."

지시를 받은 A조 3명이 마크와 그의 가족들을 데리고 밖

으로 나갔다. 그사이 유강수는 안쪽 거실로 들어섰다.

"모두 마쳤습니다. 마스터."

차준혁은 기척을 완전히 죽인 채 진즉부터 거실에 앉아 있었다. 마크의 가족들이 이동한 곳을 추적해 급습한 다음부터 계속 말이다. 물론 천익의 미국지사 경호원들은 마지막에 기절시킬 앤드류를 포함해 모두 제압된 상태였다.

"우리도 돌아가도록 하죠."

"여기까지 굳이 올 필요도 없으셨습니다."

마크의 가족들을 데려온 천익의 경호원들은 2명뿐이었다. 자살로 위장하려 한 것이니 많은 인원이 필요 없었다. 덕분에 10명도 넘는 요원들이 상황을 제압하기 어렵지 않았다.

"그래도 조심은 해야죠."

"알겠습니다. 이제 움직이시죠."

차준혁은 천익과 관련된 일이라면 정체불명의 사내가 나타나지 않을까 생각해 나선 것이다. 물론 다행이기도 하지만 정체가 궁금했던 아쉬움이 남았다.

"미스터 홍! 이게 대체 어떻게 된 겁니까!"

세인트메디슨의 전무 길버트는 마크의 처리를 맡겼던 천

익에게서 연락을 받았다. 그리고 설명을 듣자마자 수화기에다 소리쳤다.

—길버트. 진정하시죠.

상대는 천익의 홍주원 이사였다.

"내가 지금 진정하게 생겼습니까! 마크 테일러를 빼앗기다니! 이 상황을 어찌할 것이냐는 말입니다!"

길버트에게 있어서 마크는 희생양이었다. 그가 죽지 않으면 현재 무마시키는 중인 기업의 마약거래를 진행하기가 힘들었다. 어떻게든 찾아내 모든 죄를 덮어 씌워야만 자신이 살 수 있었다.

—현재 상황을 파악하는 중입니다. 그러니 좀 기다려주시죠.

"누군지 파악도 되지 않는 걸 어떻게 찾습니까?"

길버트는 마크가 가족들과 자살한 것에 맞춰서 취재진을 보내놓았다. 그런데 취재진이 발견한 것은 기절한 천익의 요원들뿐이었다. 미리 준비한 취재진이기에 보도되지는 않았다. 당연히 길버트에게 연락이 먼저 들어가 지금과 같이 상황이 흘러갔다.

—진정하시죠. 저희도 난감합니다. 어떻게든 찾아내 마무리 지을 테니 일단 조용히 지내시길 바랍니다.

더욱 진지해진 홍주원의 목소리에 길버트는 더욱 언성을 높였다.

"조금 있으면 노먼 회장에게 보고해야 한단 말입니다! 제가 올라가서 뭐라고 말을 합니까!!"

마크 테일러만 죽었으면 깔끔하게 해결될 일이었다. 물론 불미스런 일로 세인트메디슨의 이미지는 깎이겠지만, 그것도 개발 중인 종합백신만 완성하여 발표하면 해결된다. 당장은 상황에서 벗어나는 것만이 해결책이다.

—그건 알아서 하실 일이죠. 저희가 당신이 잘못 관리한 일까지 책임져야 합니까?

"크으……!"

애초부터 원인은 할리스와의 거래 현장이 들킨 것이 문제였다. 일단 방송사에 압력을 넣어 수습하고는 있었다. 그러나 마크의 실종으로 다른 보도내용이 전달될 수 없었다.

—이만 실례하겠습니다.

뚝!

길버트는 얼굴을 쓸어내리며 자리에 주저앉아 잠시 동안 고뇌에 잠겼다.

"이대로 천익만 믿고 기다릴 수는 없지."

중얼거림과 함께 핸드폰을 꺼내들어 번호 하나를 찾더니 통화 버튼을 눌렀다.

"접니다."

—이제야 전화를 주었군.

목소리의 주인공은 쿠바의 마약왕 할리스였다.

"상황을 수습하느라 연락이 늦었습니다."

―대체 어떻게 된 건가?

할리스도 미국에서 전해진 갑작스러운 소식에 난감할 뿐
이었다.

"자금거래정보가 어딘가에서 새어 나갔던 것 같습니다.
일단 정리될 때까지는……."

―설마 우리와 거래를 끊겠단 말은 아니겠지?

길버트의 변명에 할리스가 무거운 목소리로 중간에 치고
들어왔다.

"아, 아닙니다. 절대 아닙니다. 하지만 상황이 상황인 만
큼 조심할 필요가 있지 않을까 해서 말입니다."

길버트는 이번 사태로 운반 중이던 마약부터 모두 정지
시켰다. 그리고 관계된 인원들도 함께 숨기고 상황을 정리
했다. 하지만 일이 꼬이는 바람에 언제 풀 수 있을지 문제
가 되었다.

―상품이 제때 들어가지 못하면 손실이 얼마나 큰지도
알고 있지 않은가.

"무, 물론 알고 있습니다."

―설마 상품에 이상이라도 생긴 것은 아니겠지.

의심 가득한 할리스의 목소리에 길버트는 벌떡 일어나
침을 삼켰다.

"절대 아닙니다! 상품들은 안전한 곳들로 선정해 보관해 두었습니다. 문제만 해결되면 곧바로 원상 복귀시킬 수 있습니다!"

할리스는 마약만 파는 것이 아니었다. 전 세계의 폭력조직과도 관계가 있었다. 오랫동안 거래해 온 사이라 해도 그의 심기가 수틀리는 순간 죽게 될 것이다.

—자네를 믿네. 그리고 빠른 시일 내로 풀지 못하면 좋지 못한 일을 겪게 될 것이야.

서늘한 그의 목소리를 끝으로 통화가 끝났다.

길버트는 덜덜 떨리던 다리가 풀려 의자에 다시 주저앉을 수밖에 없었다.

"이, 이럴 때가 아니지."

마크 테일러를 찾아 확실히 마무리 지어야만 해결된다. 그 탓에 길버트는 다시 핸드폰을 들어 번호를 찾아 눌렀다.

∞

듀케이먼은 레스토랑 구석에서 전화를 받는 중이었다. 수화기 너머로 들려오는 목소리에 근심 어린 얼굴로 대답해주었다.

"음… 뉴스는 봤네. 상당히 골치 아픈 일이겠더군."

─부탁 좀 드리겠습니다. 제가 아는 쪽으로도 알아보겠다고 들었지만 급하게 처리해줄지 걱정됩니다.

통화 상대는 할리스와의 통화로 덜덜 떨어대던 길버트였다.

"이런~! 헌데 우리도 사정이 좋지 못해서 말이네."

얼마 전에 듀케이먼은 알제리의 용병캠프에서 계좌와 더불어 무기거래내역, 고객정보까지 탈탈 털리면서 상당한 손해를 보았다. 그리고 아직까지 흔적을 찾지 못해 그때만 떠올리면 이부터 갈렸다.

─이번 일만 잘 처리해주시면 2년간 매달 120만 달러씩 드리겠습니다.

"120만 달러를 말인가?"

한화로 치면 13억 원 정도였다. 그것을 2년간 받는다면 약 300억에 달하기 때문에 엄청날 수밖에 없었다.

─해결만 해주신다면 드리겠습니다.

"흐음… 일단 생각해보고 1시간 내로 답을 주도록 하지. 지금은 내가 중요한 손님을 만나고 있어서 말이야."

─아, 알겠습니다. 긍정적으로 부탁드립니다.

듀케이먼은 그와 통화를 끊고 방금 전까지 앉아 있던 자리로 돌아갔다.

"통화가 갑자기 길어져서 미안하네. 미스터 차!"

그에게 중요한 약속이란 차준혁과의 점심식사였다.

"아닙니다. 중요한 통화이셨던 것 같은데… 괜히 제가 방해가 된 것은 아닌가 싶군요."

"그럴 리가! 자네가 친히 미국까지 찾아와줬는데 더 중요한 일이 있을 리가 없지 않겠나."

웃어 보인 듀케이먼은 침까지 팍팍 튀기며 손을 내저었다.

"다행이군요. 그보다 둘카누 왕자님께서 지난번 소개 이후로 약속이 안 잡힌다고 하시던데… 무슨 일이 있으셨습니까?"

둘카누 왕자는 알지도 못하는 말이었다. 그럼에도 차준혁은 연락이 더 이상 가지 않았다는 정보만 가지고 말을 지어냈다.

"아… 그건 내가 요즘 정신이 없어서 말이야. 내가 먼저 나섰으면서 지키지 못해서 자네에게 폐만 끼쳤군."

차준혁의 염려에 듀케이먼은 오히려 미안하단 표정을 지었다.

"아닙니다. 그래도 이렇게 뵙게 되었으니 좋은 것이죠. 그보다 방금 나눴던 대화를 이어갔으면 하는데 말입니다."

"그래! 어디까지 이야기했지?"

듀케이먼도 기억났는지 박수를 치며 되물었다.

"울린지 소재의 방탄복을 전투복으로 개량하는 부분까

지였습니다. 이번에 저희 MR테크에서 특별히 개발 중인 제품이죠."

"NIJ기준으로 방탄규격 사양은 어떻게 되는 것이지?"

국제표준 방탄사양에 대해서 묻자 차준혁은 미소를 지어 보이며 말했다.

"대테러 진압용인 3A입니다. 5.56mm와 7.62mm부터 해서 저격용 소총 MSG—90까지 방탄이 가능합니다."

"오! 따로 방탄복을 착용하지 않아도 그런 성능까지 가능하단 말인가?"

방탄규격 사양이 높을수록 재질이 고급이거나 무게가 무거워진다. 그런데 전투복으로 똑같은 성능을 가질 수 있다면 정말 획기적일 수밖에 없었다.

"아직 시험단계이지만 충분히 가능할 것이라고 여겨집니다. 그래서 말인데 예전에 제안해주셨던 성능시험을 도와주실 수 있을까 해서 말입니다."

현재 레스토랑을 완전히 대절해 놓은 상태라 차준혁과 듀케이먼의 경호원밖에 없었다. 도청이나 카메라에 대한 검사까지 끝내놓았기에 누구든 절대 엿 듣지 못했다.

"그럼 성능만 입증되면 우리 쪽으로도 보급이 가능한 것인가? 가격이라면 후하게 쳐주지! 물론 지난번에 들었던 장비들도 말이지."

미토스 코퍼레이션으로 신형 방탄복과 장비들이 제일 먼

저 보급된다면 분쟁지역으로 파견한 용병들이 우세해진다. 그 상태에서 중요 작전만 우선적으로 정리해도 손해를 입었던 금액이 웬만큼 충당되었다.

"나쁘지 않은 제안이로군요."

어떤 제품이든 판매가 가장 중요했다. 그러니 구매할 고객과 가격만 확실하다면 양산도 보장될 수 있었다.

"어떤가?"

"흠… 일단은 장비시험부터 준비해주실 수 있으십니까? 자리가 자리인 만큼 확답드리기가 힘들 것 같아서 말입니다."

주위로 경호원들뿐이지만 지금 거론된 안건은 중요한 문제였다. 자칫 정보가 새어 나가면 모이라이나 미토스가 국제적인 문제에 휘말릴 수 있었다.

"그렇겠군. 내가 생각이 짧았어. 일단 자네 말대로 준비를 마쳐주지. 물론 최대한 은밀한 장소로 말이야."

방위산업체 병기시험은 국가기밀에 해당된다. 특히 모이라이는 대한민국과 더불어 전 세계의 이목을 받았다.

그런 상황에서 다른 기업의 우선독점이 발각되면 위험했다. 물론 듀케이먼도 그 사실을 잘 알기에 차준혁의 요청을 조심스럽게 받아들였다.

One Shot Two Kill

"그런 제안을 받아들여도 괜찮은 거예요?"

숙소로 향하던 차에서 신지연은 차준혁에게 설명을 듣고 깜짝 놀랐다. 물론 듀케이먼과의 거래에 대해서였다.

두 사람이 식사 중일 때 신지연은 자리를 피해 있던 터라 듣지를 못했다. 그리고 자칫 모이라이를 옥죌 수 있는 거래였기에 그녀로서는 당연히 놀랄 수밖에 없었다.

"필요한 거래였어요."

"신 비서님 말씀대로입니다. 물론 제가 기업경영에 대해 잘 알지는 못합니다. 하지만 방위산업 제품을 국외로 무단 유출하여 시험할 시에 위험할 수도 있습니다."

운전하던 배진수도 걱정되는지 조심스럽게 끼어들었다.

"이번 일도 작전입니다."

"작전 말입니까?"

"작전이요?"

차준혁의 대답에 두 사람은 또다시 놀랐다. 그것은 조수석에 앉아 있던 보안팀장 정진우도 마찬가지였다.

"아까 들으니 세인트메디슨의 길버트 사장이 듀케이먼에게 전화해 왔습니다."

차준혁은 듀케이먼이 전화를 받으러 갔을 때부터 청각을 곤두세웠다. 수화기에서는 의외의 목소리가 흘러나왔고, 예기치 않게 길버트의 의도를 알 수 있었다.

"정말요? 뭐라고 했는데요?"

"우리가 데리고 있는 마크 테일러를 찾아 달라고 하더군요."

발등에 불이 떨어진 길버트로서는 당연한 요청이었다.

한시라도 빨리 마크를 찾아내 해결하지 못하면 자신이 죽을 수도 있기 때문이다.

"그럼 천익과 더불어 듀케이먼의 미토스까지 우리를 쫓고 있단 말이지 않습니까."

천익도 문제인 상황에서 용병기업인 미토스까지 추적해 온다면 요원들이 위험했다. 그 탓에 배진수는 잔뜩 긴장한 표정이었다.

물론 마크 테일러는 IIS요원들이 누구도 쉽게 찾을 수 없는 곳에서 보호 중이었다. 그럼에도 미토스까지 나선다고 하니 걱정되었다.

그사이 차는 뉴욕도심을 벗어나 한참을 달리더니 숙소인 근까지 도착했다. 저택 입구 앞에는 차준혁의 취재를 따내기 위한 기자들이 진을 치고 있었다.

하지만 앞서 내린 보안요원들로 인해 좌우로 갈라져 길을 터줄 수밖에 없었다.

"저 사람들도 정말 대단하네요."

신지연은 창문 밖으로 기자들을 살피며 혀를 내둘렀다.

"대표님께서 유명하셔도 너무 유명하시니까요. 아까도 레스토랑 앞까지 기자들이 찾아와 경찰들을 불러 해산시켰을 정도입니다."

보안팀장 정진우는 그때 상황을 설명하며 고개를 저어댔다. 그나마 다행인 것은 경찰들도 차준혁의 인기를 잘 알기에 공무로 취급하여 대처해주었다.

"이러다가는 밖에서 걸어 다니기도 힘들겠군요."

이미 한국에서도 혼자서 걷기는 불가능했다. 순식간에 몰리는 인파 때문에 언제나 차량으로만 이동했다.

길버트의 목적인 마크 테일러가 정체불명의 사내들과 사라진 저택으로 두 남자가 들어섰다.

저벅. 저벅.

미토스의 용병캠프 책임자였던 크라프와 블러디 스컬의 부대장 게이든이었다. 그중에 크라프는 신설된 용병캠프에 있어야 했지만 이번 일로 급하게 호출받았다.

두 사람의 뒤로 온갖 장비를 짊어진 부대원들이 우르르 따라 들어왔다.

"어떤 흔적도 놓치지 말고 찾아내라."

게이든의 지시가 떨어지자 부대원들은 바쁘게 움직이며 저택 내부를 샅샅이 뒤졌다. 마크 테일러와 더불어 그를 데려간 이들의 흔적을 찾아내기 위해서였다.

"녀석들이 증거를 남겼을까?"

그사이 크라프는 거실 주변을 걸으며 물었다.

"도로의 CCTV들은 그 시각에 모두 마비된 상태였습니다. 그러니 가능성이 남은 곳은 이곳뿐이죠."

CCTV는 차준혁이 그렇게 만든 것이 아니었다.

천익에서 마크 테일러를 자살로 꾸미기 위해 이동경로의 흔적들을 미리 지워버린 것이다. 오히려 그것이 미토스의 추적에 발목을 잡았다.

"대장님. 이쪽으로 와주십시오."

2층에서 부대원의 외침이 들렸다. 이에 게이든은 크라프

와 같이 그쪽으로 올라갔다.

"뭐지?"

"카펫에 발자국으로 보이는 흔적이 나왔습니다."

IIS요원들이 모여서 숨어 있던 장소였다. 10명의 인원들이 서 있던 곳이다 보니 카펫이 심하게 눌려 있었다.

"추정된 인원은?"

"대략 9명에서 11명. 그리고 신발의 종류가 전부 군화로 확인됩니다."

그 대답에 두 사람의 표정이 굳어졌다. 군화라면 그들과 같이 전문적으로 훈련받았을 확률이 높았기 때문이다.

"대장님. 이쪽에 탄흔이 있습니다."

다음으로 들린 외침에 게이든은 다시 움직였다. 현관 우측 복도 끝에 위치한 창문이 하나 깨져 있었다.

대신에 탄두는 어디서도 나오지 않았다. IIS요원들이 최대한 흔적을 남기지 않기 위해 수거한 상태였다.

"이게 그 탄흔인가 보군요."

"한 방에 권총을 맞췄다고 했지."

게이든은 길버트를 통해 천익의 요원들이 겪은 일들을 자료로 받았다. 그러나 상대를 추측하기에는 정보의 양이 여전히 적었다.

"혹시 천익의 요원들을 겪어보신 적이 있으십니까?"

흔적을 살피던 게이든이 크라프에게 질문을 던졌다.

"거기도 우리와 비슷하지. 결코 실력이 부족한 곳은 아니야."

"그런 요원 다수를 아무런 기물파손도 없이 제압했다는 것이군요."

단 1발의 탄흔과 발자국이 남은 카펫 외에는 아무런 흔적도 발견하지 못했다. 이만큼 흔적이 부족하다면 절대 보통 실력이 아니라는 의미였다.

"하지만 약 10명의 인원이 움직였다면 차량 추적은 가능할지도 모르겠군. 마비된 CCTV 바깥도로까지 살펴봐야 한다."

"저도 그 생각을 했습니다."

전장에서 적을 찾아야 하는 용병에게 추적이란 기본 중에 기본이었다. 물론 도시와 밀림, 사막은 차이가 있지만 추적의 기본수칙은 다르지 않았다.

가까이서 보이지 않는다면 멀리서 찾아라.

코앞의 흔적이 희박하니 그나마 찾은 것을 가지고 멀찍이 떨어져 확인하려는 것이다.

"모두 철수한다."

다시 지시가 떨어지자 수색하던 부대원들은 빠르게 장비들을 챙겨 밖으로 나갔다. 저택 앞에는 그들이 타고 온 10대의 중형, 대형차량들이 줄줄이 서 있었다.

게이든과 크라프는 마무리된 상황을 살피고 CCTV확인

을 위해 발걸음은 옮겼다.

인근도로의 CCTV는 코퍼레이션 미토스의 힘으로 어렵지 않게 확인할 수 있었다. 그런데 게이든과 크라프는 송신 받은 CCTV 영상 탓에 놀란 표정을 지었다.

"어째서 해당 시각 CCTV가 모조리 마비된 것이지?"

방금 전에 받은 영상은 천익에서 조치한 CCTV지역 반경에서 바깥쪽이었다.

"천익 요원들을 급습한 녀석들의 짓인 것 같습니다."

"이거… 오랜만에 사냥할 맛이 나겠어."

추적이 어려운 상황임에도 크라프는 눈을 날카롭게 뜨며 노이즈가 가득한 영상을 쳐다봤다.

"해킹 경로와 함께 바깥쪽을 더 뒤져보겠습니다."

이에 게이든은 핸드폰을 꺼내들어 요청을 넣었다.

차는 도로를 달리다가 커브를 틀기 위해 방향을 꺾었다. 그러던 중에 크라프가 창밖으로 시선을 옮기다가 급히 외쳤다.

"STOP!"

운전하던 부대원은 그 목소리와 동시에 급히 차를 꺾어 세웠다. 뒤를 따라오던 차량들도 마찬가지였다.

크라프는 차에서 급히 내리더니 조금 지나친 뒤쪽으로 급히 달려갔다. 방금 전 차를 꺾은 커브 구간이었다.

"무슨 일이십니까?"

뒤로 다가온 게이든이 무슨 일인지를 물었다.

"녀석들이 이쪽으로 돌아갔어."

크라프의 시선은 도로 위에 바퀴 자국으로 향해 있었다. 어느 도로에서나 흔히 볼 수 있는 흔적이었다.

"그걸 보고 아실 수 있으십니까?"

게이든에게 크라프는 용병으로서 스승이나 마찬가지였다. 당연히 어떤 실력이든 크라프가 더 좋았다. 지금은 도로에 난 브레이크 자국을 보고 흔적을 찾아낸 것이다.

"차량은 실린 무게에 따라 브레이크 자국의 깊이가 다르지. 타이어의 크기를 가늠하면 대형차량. 깊이로는 대략 5~6명이 탑승했겠군. 속도가 상당히 빨랐어."

"흔적이 여러 개인 것을 보면 가능성이 있겠군요."

크라프의 설명에 게이든도 실마리를 잡아내고 그와 같이 가늠했다.

"마비시킨 CCTV만 믿고 방심한 것이겠지."

"바로 쫓도록 하죠."

[재차 드러난 세인트메디슨컴퍼니의 어두운 실체.]

[NGO를 가장한 미치광이 실험이 드러나다!]

[국외에서 벌어진 불법임상실험의 배후는 세인트메디슨

 122

컴퍼니.]

 또다시 터진 세인트메디슨에 대한 고발은 뉴스가 아닌 인터넷을 통해서였다. 거기에는 NGO를 가장한 의사들이 난민 진료를 가장하여 투약 중인 동영상까지 포함되었다.

 그것뿐만이 아니었다. 투약으로 인해 부작용을 겪는 사람들의 모습까지 영상에 담겨 있었다.

 당연히 지난번 여파보다 큰 난리가 일어났다.

 길버트는 자신의 사무실에서 뛰쳐나와 신약개발팀장인 리처드 패튼을 찾았다.

 그런데 리처드 패튼의 사무실은 텅 비어 있었다.

 "리처드는 어디에 갔는가!"

 팀원 한 명이 조심스럽게 입을 열었다.

 "아직… 출근 안 하셨습니다."

 "뭐? 왜!"

 "모르겠습니다."

 점심시간이 훨씬 지난 시각이었다. 어제만 해도 저녁식사까지 같이했던 리처드가 아무런 이유도 없이 결근했다.

 그로 인해 길버트는 복도로 나가며 핸드폰으로 리처드의 번호를 찾아 눌렀다.

 —You got the wrong number. Please check…….

 신호음에 이어 번호가 없다는 방송이 흘러나왔다.

"젠장!"

리처드 패튼은 길버트의 지시를 받아 국외에서 시행한 불법임상실험의 책임자였다.

인터넷에 떠도는 영상은 리처드가 사람들을 시켜 경과 관찰용으로 찍은 것이다. 그것이 방송됐으니 리처드가 배신했다는 의미와 같았다.

우우웅! 우우웅!

그때 길버트의 핸드폰에 노먼 회장의 이름이 떴다.

당연히 이번 일에 대한 경위를 묻기 위해서였다.

핸드폰을 확인한 길버트는 어찌할 바를 모르다가 힘겹게 통화 버튼을 눌렀다.

"전화… 바꿨습니다."

—지금 어디 있는 겁니까! 당장 올라오세요!!

뚝!

그와 동시에 길버트의 머리는 빠르게 돌아갔다.

마크 테일러 때처럼 처리해보려 해도 핸드폰 번호까지 사라진 상태였다. 지금 상황대로라면 집으로 사람을 보내도 없을 확률이 높았다.

'도대체 일이 어떻게 돌아가는 거지?'

아직 기업의 마약거래 사건도 정리되지 않았다.

길버트는 누군가 자신을 저격하고 있는 것처럼 느껴졌다. 이대로라면 아무것도 막지 못하고 모든 것을 그가 뒤집어쓰게 될 것이다.

이내 길버트는 노먼 회장의 사무실로 향했다.

그를 기다리고 있던 노먼 회장은 저번과 마찬가지였다. 성난 얼굴로 길버트에게 소리부터 질렀다.

"설명해보세요! 대체 당신에게 맡긴 일들이 전부 왜 이리되는 것입니까!!"

"오해십니다! 방금 책임자인 로버트 패튼의 사무실을 찾아가니 당사자가 출근하지 않았습니다. 번호도 없는 것으로 나옵니다."

변명이 길게 늘어지자 노먼 회장은 미간을 씰룩이며 흥분을 조금씩 가라앉혔다.

"그럼 이번 일이 리처드 패튼 팀장의 독단적인 행동이라는 건가? 증거는?"

"동영상이 증거이지 않겠습니까. 생각해보십시오. 신약개발에 대한 임상실험은 리처드 패튼이 모두 전임했습니다."

노먼 회장은 그의 대답에 잠시 생각해봤다.

지난번에 터진 세인트메디슨의 비리 때문에 주가가 나날이 폭락하고 있었다. 그나마 대주주들이 노먼 회장에 대한 믿음으로 주식을 꽉 잡아주어 숨통만 겨우 트였다.

하지만 이번에 터진 일로 그런 대주주들까지 흔들렸다.

그 탓에 노먼 회장은 방금 전에도 대주주들의 불신이 담긴 전화를 받았다. 아직도 진행 중인 위기에도 신뢰로 지나가줬는데 또다시 일이 터졌기 때문이다. 그러니 대주주의 입장에서 노발대발하는 것은 당연했다.

"리처드 패튼이 정말 사라진 것인가?"

"아직 집에는 전화를 걸어보지 못했습니다만… 정황상으로는 확실한 듯싶습니다."

"마크 테일러의 일도 그렇고… 도대체 왜 우리 회사에 이런 일들이 생기는 것인지…….."

노먼 회장은 답답한 마음에 탄식을 흘리면서 털썩 주저앉았다. 일단 인터넷에 업로드된 동영상은 해당 사이트에 압력을 넣어 내려놓은 상태였다. 하지만 이미 퍼질 대로 퍼져서 전부를 수습하기란 불가능했다.

"이번에 벌어진 일들은 제가 어떻게든 수습해보겠습니다."

"정말 믿어도 되는 겁니까?"

처음 터진 일도 마무리되지 않았으니 노먼 회장은 그를 신뢰하기가 힘들었다.

"어차피 지금 일들을 해결할 사람은 저뿐일 겁니다."

세인트메디슨의 임원들은 현재 벌어진 일로 술렁이기만 했다.

"하긴… 그것도 그렇군요."

노먼 회장의 입에서 다시 탄식이 흘러나왔다.

임원들에게 맡기기에는 상황 판단도 제대로 되지 않을

테니 길버트가 적격이었다.

"실망시켜드리지 않겠습니다."

"부탁하지요."

끼이이익!

미토스의 용병들은 추적을 위해 2시간을 달려 북동쪽에 위치한 올리브 브릿지 인근으로 도착했다.

"여기서 어디지?"

"도로 CCTV대로라면… 저기 있는 저택입니다."

게이든은 크라프의 물음에 200m 정도 떨어진 저택을 가리켰다. 2층짜리 저택으로 커다란 부지 위로 세워져 있었다. 록시티커스에서 순찰헬기의 영상으로 추적해 온 것이다. 거기다 CCTV는 일정 지역을 벗어나니 다수의 차량들이 이동한 장면이 확인되었다. 그 덕분에 어렵지 않게 추적할 수 있었다.

"지점 상황부터 확인해보지."

그의 지시에 용병들은 차량에서 장비부터 꺼내 착용했다. 완전무장까지는 아니었지만 방탄조끼와 총기는 기본이었다.

게이든은 준비되어 가는 용병들을 보며 말했다.

"C팀, D팀, E팀은 입구 쪽을 제외한 장소를 마크한다. 불가피할 경우 사살을 허가한다."

"Roger!"

각각 2명씩. 총 8명의 인원들은 게이든의 지시를 받자마자 저택의 직선방향에서 우회하여 다가갔다.

"우리는 상황 보고만 확인되면 정면으로 가지."

"알겠습니다. A팀과 B팀은 준비하고, 나머지 인원은 차량으로 도로를 차단한다."

인적이 드문 곳이지만 총성으로 인해 경찰이 올지도 몰랐다. 용병들은 준비를 마치고 후다닥 움직였다.

크라프도 무장을 마친 뒤 먼저 출발한 저격팀의 무전을 기다렸다.

치직—!

—체열 감지기로 확인된 인원은 8명. 1층에 3명, 2층에 5명이 있습니다. 2층 인원 중에 1명은 유아. 마크 테일러와 그의 가족은 2층에 있는 것으로 판단됩니다.

무전이 울리자 크라프는 슬쩍 미소를 지어 보였다.

"인원들의 무장 현황은?"

—창문으로는 보이지 않아 확인하지 못했습니다.

"1차로 저격 사살하라고 지시하겠습니다."

옆에서 같이 무전을 듣고 있던 게이든이 크라프를 보며

말했다. 작전을 문제없이 해결하기 위해서는 정체불명의 요원들을 사살하는 것이 좋았다.

"아니. 최대한 죽이지 않는 방향으로 가지."

"하지만 길버트 전무에게 필요한 사람은 마크 테일러뿐입니다. 불필요한 인원은 깔끔하게 처리해야 문제가 없습니다."

게이든은 크라프의 의견에 처음으로 반감을 보였다.

"궁금하지 않나? 아무리 수가 많았다지만 깔끔하게 천익의 요원을 제압한 저 녀석들의 정체가 말이야."

"지금은 임무의 목적이 우선입니다."

그러한 반발에도 불구하고 크라프는 신경 쓰지 않았다.

록시티커스 인근 저택에서부터 정체불명의 요원들에 대한 궁금증이 커졌기 때문이다.

"어차피 인원도 우리 쪽이 더 많아. 요인보호에 중형장비가 있을 확률도 적지. 그렇다면 우리가 더 유리하지 않겠나."

"그래도……."

"만약에 현재까지 파악되지 않던 조직이라면 우리에게도 좋은 일이 아닌가."

크라프가 호기심을 가진 이유 중 하나였다.

천익은 미토스와 마찬가지로 용병출신 요원들이 많았다. 그럼에도 너무 쉽게 제압당했다면 전문적인 훈련을 받았을 것이다. 미토스에게도 위협이 될 수 있다. 미리 처리한다면 어떤 일보다 빠를수록 좋았다.

"알겠습니다. 하지만 위험하다고 판단될 시에는 즉시 사살하도록 할 것입니다."

"좋아! 그럼 가볼까!"

협의를 본 크라프와 게이든은 대기 중이던 부하들과 같이 저택으로 향했다. 동시에 잔류한 부하들이 차로 올라타 도로를 봉쇄하기 위해 달렸다.

"현재까지 변동된 상황은?"

저택 앞까지 도착한 크라프는 부하들과 같이 담장 밑으로 몸을 숙였다.

—특별한 점은 없습니다. 인원의 위치도 변동 없이 그대로입니다.

마지막으로 확인한 CCTV 기록에서 저택으로 들어간 차량은 2대뿐이었다. 처음부터 같이 움직였던 다수의 차량 중 대부분은 중간에 빠져나갔다.

마크 테일러와 그의 가족, 정체불명의 요원들의 수를 생각한다면 그 이상의 인원이 없다고 판단되었다. 특히 유아의 몸집이 체열 감지기로 확인되었으니 분명했다.

"아무리 대단한 놈들이라고 해도 소용없겠지."

"그럼 급습을 시작하겠습니다. C팀! 주위에 위협 사격

개시."

—Roger!

대답과 함께 한 발의 총성이 저택 동쪽에서 울렸다.

동시에 2층 창문이 깨지더니 저택 안이 분주해졌다.

—2층으로 이동 중입니다.

"가자!"

그사이 돌격팀은 담장을 넘어 그대로 달렸다. 어느새 현관에 도착해서 멈추지 않고 문을 부수며 들어갔다.

쾅!

1층에 있던 정체불명의 요원들이 위협 사격으로 2층으로 올라간 상태였다.

현관으로 들어선 미토스의 용병들은 2층 계단을 겨누며 대기했다. 곧바로 올라가지는 않았다. 방금 전 현관문을 부순 소리에 그들도 경계하고 있을 것이 분명하기 때문이다.

"A팀은 나와 같이 올라간다. 게이든은 B팀을 운용해 주위나 경계해라."

"아까도 말씀드렸지만 문제 발생 시 사살 작전으로 변경입니다."

게이든은 크라프에게 조용히 말하며 눈치를 주었다.

"걱정하지 말게나."

이에 크라프는 총기의 장전을 확인하며 A팀의 맨 앞으로 섰다.

─중앙 계단 난간 클리어. 서쪽 끝 방으로 모여 있습니다.

북쪽에서 저격 대기 중인 D팀에서 온 무전이었다.

체열 감지기와 스코프로 확인하여 상황을 알려주었다.

"꽁꽁 숨어 있겠단 것인가?"

저격으로 위협 사격까지 했으니 그들도 밖으로 나가기가 위험하단 것을 알았을 것이다.

완전히 독 안에든 쥐와 같았다.

"너무 쉽게 해결되면 재미가 없는데 말이지."

기대하던 크라프는 총구를 앞으로 겨눈 채 천천히 올라갔다. 무전대로 중앙 계단 난간에는 아무도 없었다.

저택은 꽤나 컸기에 D팀에서 보고한 서쪽 끝 방까지는 거리가 있었다.

"슬슬 시작해볼까?"

크라프의 중얼거림에 A팀 부하들은 복도 양쪽으로 산개하여 등을 붙였다. 총구는 여전히 인원들이 모여 있다는 방 쪽으로 향해 있었다.

팅─!

그 순간 뒤쪽에서 핀이 뽑히는 미세한 소리가 들렸다. 동시에 크라프는 깜짝 놀라 뒤를 돌아봤다. 검은색 천을 뒤집어쓴 사내가 그들을 향해 수류탄을 굴리고 있었다.

달그락! 달그락!

"모두 피해!"

하지만 그런 지시와 달리 좁은 복도에서 피할 장소 따위는 없었다.

팍! 삐이이이이이이!

일반 수류탄이 아닌 섬광폭음탄이었다. 엄청난 빛과 함께 소리가 사방을 뒤덮었다. 크라프와 그의 부하들은 시력과 청력이 마비되며 상황을 가늠하지 못했다.

섬광폭음탄을 던진 사내는 그대로 천을 벗어던지고 용병들에게 달려들었다.

퍼퍽! 퍽! 퍼퍼퍽!

짧은 타격 소리가 굉음 속에서 터져 나갔다. 완전히 방심하고 있던 크라프는 위험하다 깨닫고 소총의 방아쇠를 당겼다.

투두두두두두!

크라프도 상당한 경력을 지닌 용병으로서 상황대처 능력이 상당했다. 그렇기에 인상을 구긴 채로 방향만 가늠 잡아 쏜 것이다.

파파파파파팍!

연타를 날리던 사내는 그런 탄환들을 피하지 않고 전신으로 받아냈다. 탄환은 사내의 전투복을 뚫지 못하고 바닥으로 굴러 떨어졌다.

'크윽… 역시 통증은 만만치 않네.'

사내는 바로 차준혁이었다. 울린지로 만든 전용 전투복

을 착용하고 있었기에 소총의 탄환을 막아냈다.

'정말로 먼저 도착하지 않았으면 큰일 날 뻔했어.'

차준혁은 불과 30분 전까지만 해도 숙소로 마련된 저택에 있었다. 그러다 미토스의 용병들이 록시티커스 지점을 찾아와 추적을 시작했단 소식을 접했다.

미토스의 목적은 당연히 마크 테일러와 그의 가족들이었다. 그 점을 함정으로 이용한 차준혁은 급히 장비들을 챙겨 먼저 도착해 있었다.

짧게 생각을 마친 차준혁은 그대로 크라프가 쥔 소총을 발로 차고 공격해 들어갔다.

태무도의 격타에 이어 용절추가 펼쳐졌다.

우드드득!

하지만 크라프는 오른팔의 관절이 꺾이며 바닥으로 메쳐지는 사이 종아리 쪽에서 나이프를 뽑아들었다.

쉬악! 촤아아악!

그는 눈이 감긴 상태임에도 차준혁의 목 부근을 정확히 노렸다.

'역시 만만히 볼 대상이 아니었나.'

섬광폭음탄이야 크라프가 방심한 상태였기에 가능했다. 그 이후인 지금은 완전히 경계태세로 바뀌어 상당한 실력을 보여줬다. 물론 차준혁도 그런 움직임을 미리 알고 팔로 나이프를 막아냈다. 그러나 관절 기술을 걸던 손의

힘이 틀어지며 놓치고 말았다.

"이 정도 실력을 지니고 있었군."

크라프는 부하들과 달리 섬광이 터지기 직전 눈을 감았다. 시력이 마비된 상태가 아니라 다시 뜨고 복면을 쓴 차준혁을 확인할 수 있었다. 그리고 오른팔을 휘둘러 방금 전 기술로 상태가 멀쩡한지 확인했다.

"전투복에 마크도 없고, 기술에 특징도 없군. 너무 깔끔해. 어디서 나타난 놈들이지? 그보다 체열 감지기를 피하다니… 어떻게 한 거지?"

궁금증이 폭발한 크라프는 나이프를 앞으로 겨누며 물었다. 물론 대답해줄 차준혁이 아니었다.

"……."

"대답하지 않겠다면 잡아서 술술 불게 만들어주지."

주변으로 일격에 기절한 그의 부하들이 총을 떨어뜨린 채 누워 있었다. 크라프는 그들이 떨어뜨린 소총 한 자루를 발로 들어 올려 잡았다.

팍! 철컥!

그 순간 차준혁은 난간을 딛고 뛰어올라 그에게 날아들었다. 그것을 보고 크라프가 가만히 있을 리가 없었다.

총구는 위를 향해 움직이더니 발사되었다.

타다다다다!

고작 3m의 거리였다.

피하는 것이 불가능해 보였지만 날아올랐던 차준혁은 공중제비를 돌다가 천장을 박차고 내려왔다.

탄환들이 허공을 가른 광경에 크라프는 곧장 조준점을 옮겼다.

팍! 파팍—!

방금 전 도약으로 차준혁은 그의 코앞까지 다가왔다.

또다시 격전이 시작되며 크라프가 쥔 소총의 총구가 사방팔방으로 바쁘게 움직였다.

'역시 전형적인 살인 전투 기술의 경력도 무시하지 못하겠어.'

차준혁이 천익에서 만난 사내와는 완전히 달랐다.

일반적으로 용병들이 배우는 전투 기술이었다. 그러나 모든 무술의 형을 접목시킨 태무도에는 안 됐다.

뻑! 우드드득!

상단차기로 그의 시선을 끈 차준혁은 주먹으로 무릎을 부수었다. 살기로 오감을 집중시키고 근력을 최대치까지 끌어올린 덕분이었다.

"아아악!"

아무리 노련한 용병이라도 무릎이 주먹으로 박살날 경험은 전무했다. 무시무시한 통증이 그를 급습하며 주저앉게 만들었다. 차준혁은 거기서 그치지 않고 무릎으로 크라프의 턱을 쪼개버리며 완전히 기절시켰다. 웬만한 사람이라

면 흔드는 것으로 충분하겠지만 그에게는 부족했다.

"이제 1층을 해결할 차례인가……."

—적군 저격조 클리어. 요원들을 투입시킬까요?

중얼거림과 동시에 차준혁이 착용한 골전도 무전기에서 현재 상황이 전해졌다. 저택 밖에서 대기하던 유강수에게 온 무전이었다. 그는 다른 요원들과 매복하고 있다가 미토스의 저격팀을 문제없이 급습할 수 있었다.

아직 1층의 경계 중인 게이든과 B팀 용병들이 남아 있었다. 전투가 시작되고 지금까지 아무런 움직임을 보이지 않았다. 크라프를 지원해주기보다 기다리고 있다가 급습하기 위해서였다.

"뻔히 계단으로 내려갔다간 벌집이 되고 말겠지."

그 말과 함께 차준혁은 소총을 집어 들고 2층 중앙창문을 깨며 1층으로 떨어졌다. 현관이 박살 난 덕분에 내부에 총구를 위로 향한 미토스의 용병들이 훤히 보였다.

투두두두!

차준혁은 소총을 쏴 현관에 보인 용병들부터 쓰러뜨리고 곧장 벽으로 달라붙었다. 뒤늦게 눈치챈 게이든과 부하들도 총구를 겨눴지만 이미 늦었다.

거기서 끝이 아니었다. 저격팀을 해결한 IIS의 요원들이 저택의 창문을 깨고 들어와 일제히 급습을 시작했다.

모든 것은 계획된 함정이었다. 현관 쪽만 주시하고 있던 게이든은 갑작스런 상황에 대처하지 못했다. 좌우에서 총알이 빗발치며 용병들이 하나둘 쓰러져 나갔다.

"끝난 건가?"

총성이 멈추자 차준혁은 현관으로 걸어 들어갔다. 그러자 피를 흘리며 쓰러져 있는 게이든과 그의 부하들이 보였다.

"쿨럭! 컥!"

아직 죽지 않은 게이든이 핏물을 토하며 차준혁을 쳐다봤다.

"2층도 정리하도록."

"알겠습니다."

차준혁은 자신과 마찬가지로 복면을 쓴 유강수에게 지시를 내렸다. 그리고 무시무시한 살기를 흘리며 게이든에게 다가갔다.

"모든 것이… 하, 함정이었나…….''

숨이 꺼질 듯 말 듯한 게이든은 지금 상황을 추측할 수 있었다.

"아무리 날고 긴다는 용병이라도 한정된 지역에서 펼칠 전술은 거기서 거기지."

"네놈은 대체…….''

"내가 알려줄 이유는 없지."

그 와중에 게이든은 총을 줍기 위해 팔을 움직였다.

하지만 전신에서 흘러나오는 출혈로 기운이 점점 빠져

쉽게 움직이기가 힘들었다.

"잘 가라."

그 말과 함께 2층에서 총성이 울렸다.

탕! 타탕!

IIS요원들이 쓰러진 미토스의 용병들을 마무리하는 중이었다.

차준혁은 처음부터 그들을 살려둘 생각이 없었다. 지금까지 전장을 돌며 수많은 사람들을 죽여 온 이들이었다.

은밀하게 처리하여 살려줘도 그들의 살생은 멈추지 않을 것이기에 지금처럼 결정한 것이다.

"이번 일로 미토스는 상당량의 전력을 잃게 되겠지."

용병 파견 기업이기 때문에 아직 상당수의 용병들이 남아 있었다. 그러나 게이든과 크라프는 그런 용병들 중에서도 주축이었다.

아무리 거대해도 중심을 잃으면 흔들리기 때문이다.

"……."

이내 게이든은 총으로 손만 뻗은 채로 숨을 거두었다.

"마무리할 준비가 되었습니다."

그사이 정리를 마친 유강수가 옆으로 다가섰다.

"끝내도록 하죠."

"알겠습니다."

유강수의 지시가 떨어지자 요원들은 미토스 용병들의 장

비를 회수하고 의류들을 모조리 벗겼다. 알몸이 된 시신들은 커튼으로 둘러싸여 집안 이곳저곳에 배치되었다.

2층에 있던 요원들은 그동안 마크 테일러와 그의 가족들의 눈을 가린 채 데리고 내려왔다.

"모두 철수."

또다시 유강수가 지시를 내렸다.

인원들은 곧바로 차에 올라탔다. 남아 있던 요원들은 가스배관에 발화기를 설치하여 폭탄을 만들었다.

[금일 오후 뉴욕 올리브 브릿지 인근 저택에서 폭발이 일어났습니다. 사망자는 총 20명으로, 미처 대피하지 못한 것이라 추정되고 있습니다. 해당 지역 소방서 측에서는 가스폭발로 인한 사고로 원인을 발표했습니다.]

"별의별 일이 다 일어나는군."

듀케이먼은 차준혁과의 만남으로 흐뭇해하다가 속보를 보고 탄식을 흘렸다.

똑똑!

그때 노크 소리가 울렸다. 게이든이 자리를 비운 동안 비서 업무를 맡은 윌리엄이었다.

"무슨 일인가?"

그의 표정이 좋지 못하자 듀케이먼이 의아해하며 물었다. 이에 윌리엄은 조심스럽게 입을 열었다.

"세인트메디슨의 길버트 전무에게서 연락이 왔습니다."

"아, 내가 핸드폰을 켜두는 것을 깜박했군."

아까 전에 차준혁과의 식사에서 더 이상 방해받지 않기 위해 꺼두었다.

"그보다 무슨 일로 연락했다고 하나?"

"지원해준 팀원들에게서 6시간째 보고가 올라오지 않는다고 합니다."

"크라프와 게이든이 말인가? 제대로 좀 봐주라고 했더니… 크라프가 꼬셔서 농땡이를 피고 있나보군."

듀케이먼도 게이든의 딱딱한 성격을 알기에 대충할 것이라 생각하지 않았다.

하지만 그의 스승이나 상관인 크라프가 같이 있었다.

크라프는 전장이 아닌 이상 설렁설렁 일을 처리하기 때문에 휘둘린 것이라 생각되었다.

"확인해보지 않아도 될까요?"

"마지막으로 보고된 위치가 있었나?"

"여기서 1시간 정도 떨어진 지역인 록시티커스에서 마지막 보고가 올라왔습니다."

듀케이먼은 핸드폰을 켜서 게이든의 번호를 찾아 눌렀

다. 그런데 신호음은 울리지 않고 핸드폰이 꺼져 있다는 안내 음성만 들려왔다.

게이든은 무전을 사용하는 전장이 아닌 이상 절대로 핸드폰을 꺼놓지 않았다. 언제나 벨소리가 한 번 울리기 전에 받아들었다. 당연히 이상할 수밖에 없었다.

"무슨 일이라도 생긴 건가?"

이번에는 크라프에게 전화를 걸어봤지만 아까하고 똑같은 안내 음성만 흘러나왔다. 뭔가 심상치 않음을 느낀 듀케이먼은 앞에 서 있던 비서를 쳐다보았다.

"핸드폰을 추적해봐야겠군."

"바로 해볼까요?"

"빨리 해봐!"

지시가 떨어지자 윌리엄은 내선전화를 들어 미토스 내부의 관리팀과 통화했다. 통화는 길지 않았다.

윌리엄은 결과를 듣고 듀케이먼에게 말했다.

"북쪽 밀퍼드 인근 166번 국도에서 크라프와 게이든의 핸드폰 전원이 끊어졌다고 합니다."

"경로는?"

윌리엄이 뉴스가 나오던 화면을 바꿔 지도를 띄웠다.

록시커티스에서 밀퍼드까지 가는 경로가 궤적으로 그려졌다.

"마크 테일러가 저 경로 끝에 있던 건가?"

록시커티스에서 4시간가량 걸리는 지역이었다. 팀원들이 아무런 이유도 없이 그곳으로 갈 리가 없었다. 당연히 추적했을 것이고 그 결과가 지금의 경로였다.

　"아무튼 다른 팀원들을 보내보도록!"

　듀케이먼은 연락이 두절된 상황이 좋지 못한 것을 깨달았다. 지시가 내려지자 밀퍼드 인근 166번 국도로 용병들이 파견되었다.

$$\infty$$

　"마크 테일러에다가 리처드 패튼까지 찾아야 할 판국에 무슨 일인지……."

　길버트는 사무실에 앉아 초조한 마음을 숨기지 못했다.

　"아니지. 듀케이먼 회장이 도와주기로 했으니 잘될 거야."

　천익에 미토스의 도움까지 받았다. 그런 상황에서 더 이상 도움을 요청할 곳은 없었다. 어떻게든 해결해야만 자신이 살 수 있었다.

　우우우웅! 우우우웅!

　그의 핸드폰이 책상 위에서 울려댔다.

　액정에 뜬 번호는 모르는 번호였다.

　"누구지……?"

　곰곰이 생각하던 길버트는 통화 버튼을 눌렀다.

"누구십니까?"

고요하던 상대방 측에서 목소리가 들려왔다.

—…리처드입니다.

갑자기 사라졌던 신약개발팀장 리처드 패튼이었다.

"리처드!"

—이제야 전화드려 죄송합니다.

"어떻게 된 건가! 자네가 가지고 있던 동영상들은 어찌된 것이고!"

길버트는 아무렇지 않게 그를 걱정하듯이 물었다.

—사실 전무님과 식사한 뒤… 어떤 사람들이 절 찾아와 동영상을 뿌릴 것이라고 경고했습니다.

설명은 거기서 끝나지 않고 계속 이어졌다.

—그들이 동영상을 입수한 경로는 모르겠습니다. 저는 어쩔 수 없이 몸을 숨겨야만 했습니다.

"자네! 지금은 어디에 있는 겐가? 몸은 괜찮나?"

그의 걱정이 이어지자 리처드의 목소리가 더욱 가라앉았다.

—안전한 장소를 마련해주실 수 있으십니까?

"당연하지 않겠나. 그리고 이번에 터진 일은 회사에서 최대한 수습 중이니 걱정하지 말게."

마크 테일러의 거래 현장 사진이나 리처드 패튼의 불법 임상실험 동영상은 기사와 함께 잡힌 정황 증거에 불과했

다. 미국 마약단속기관이나 조사기관에서는 그것만 으로 국내 최고의 제약회사인 세인트메디슨을 무단으로 수사할 수 없었다. 물론 수사요청은 상부에 넣고 있지만 기업과 연관된 정치인들이 막아주었다.

하지만 문제는 국민들이었다.

약품이란 국민들의 신뢰가 있어야 판매되는 것이다. 그런데 신뢰가 바닥난다면 제약회사로서 명맥을 유지하기 힘들었다.

―저, 정말입니까?

"그러니 걱정하지 말고 어디 있는지 말해주게. 내가 당장 사람을 보내 안전한 곳으로 데려다주겠네. 아니지, 내가 직접 가도록 하지."

길버트는 계속된 실패 탓에 자신이 직접 움직이기로 결정했다.

―여기가…….

이내 리처드는 떨리는 목소리로 자신이 있는 곳을 알려주었다.

"바로 가도록 하지."

통화를 끝낸 길버트는 천익의 홍주원 이사에게 전화를 걸었다. 지원받은 용병들도 연락두절이었고, 듀케이먼과도 연락이 되지 않았기 때문이다.

리처드가 말해준 위치는 뉴욕에서 동쪽인 코네티컷주의 킬링워쓰라는 지역이었다.

그곳으로 검은색 승합차 5대가 선두에 1대의 고급승용차를 따라 멀찍이서 달리고 있었다.

"저긴가?"

길버트는 운전기사도 없이 직접 운전했다. 그러다 도로 한쪽에 위치한 낡은 모텔을 발견했다.

Last Road

모텔의 이름은 리처드가 말해준 그대로였다.

"이번만큼은 절대로 잘못되어선 안 돼."

길버트는 마음을 다잡고 모텔 주차장으로 차를 세웠다.

뒤따라오던 승합차들은 그를 지나쳐 조금 떨어진 곳에 섰다.

우우웅. 우우웅.

핸드폰이 울렸다.

승합차에 탄 천익의 요원에게 온 전화였다.

―확인하시는 대로 통화만 걸어주시면 저희가 해결하겠습니다.

"알겠네. 이번만큼은 절대 실수가 있어선 안 되네."

―걱정하지 마십시오.

통화를 마친 길버트는 차에서 내려 리처드가 알려준 방 번호를 찾았다.

2층 중간에 위치한 213호였다.

그 앞에 도착한 길버트는 침을 한 번 삼키며 노크했다.

똑! 똑! 똑!

노크 소리가 울렸음에도 안에서는 아무런 반응이 없었다. 이에 길버트가 목을 가다듬었다.

"리처드. 나일세."

철컥!

그의 목소리에 잠금장치가 풀리며 문이 열렸다. 동시에 지저분해진 리처드의 얼굴 한쪽이 틈으로 드러났다.

"혼자… 오, 오셨습니까?"

"당연하지 않겠나. 일단 문이나 제대로 열어주게."

안으로 들어간 길버트는 퀴퀴한 냄새가 가득한 방 안을 보며 인상을 찌푸렸다. 게다가 언제나 정갈하던 머리마저 심하게 헝클어져 얼굴이 반쯤 가려진 상태였다.

"자네. 목소리는 왜 그런가?"

평소보다 탁한 그의 목소리에 길버트가 고개를 갸웃했다.

"숨어 지내면서 술을 너무 먹어서 그런가봅니다. 쿨럭! 쿨럭!"

그의 말처럼 주변으로 굴러다니는 술병의 수도 만만치 않았다. 리처드가 입은 옷에도 때가 잔뜩 끼어 있었고, 냄

새도 고약했기에 상황을 대충 예상할 수 있었다.

"고생이 많았나보군. 그보다 자네 지금까지 한 번도 밖에 나가지 않은 건가?"

"추적당할지도 몰라서 말입니다."

"만났다는 사람이 누군지는 정말 모르는 건가?"

길버트는 리처드를 확인했음에도 바로 통화 버튼을 누르지 않았다. 일단 지금 상황을 만든 원인부터 파악하기 위해서였다.

"모릅니다. 갑자기 집 앞에서 나타나 다짜고짜 동영상을 뿌릴 것이라고 말했습니다."

"혹시 동영상을 집에다가 보관했는가?"

"그, 그게… 회사에 보관하기는 곤란한 정보라… 하지만 집에 들어갔을 때는 있었습니다."

리처드도 바보가 아니었다. 자신의 명줄을 좌지우지할 동영상을 아무렇게나 보관할 리가 없었다.

집에서도 남들이 쉽게 찾을 수 없는 장소에 숨겨두었다. 그리고 경고를 받자마자 들어가 확인했을 때도 동영상이 저장된 USB는 멀쩡했다.

"그 사람은 대체 누군데 자네가 가진 동영상을 노렸단 말인가."

길버트는 불법임상실험을 통해 기간을 단축하여 종합백신의 어느 기업보다 빨리 개발하는 중이었다. 원래대로라

면 1~2년 후에 미국의 식품의약품관리기구인 FDA의 승인도 무리 없이 받게 된다.

하지만 이번 일로 FDA의 심사에 지장을 받는다면 천익과 약속했던 일정보다 늦어졌다. 만약 그렇게 될 시에는 모든 죄목에 대해 길버트가 독박을 쓰게 될 것이다.

"처음에는 알바트로스 제약회사일지 모른다고 생각했습니다. 하지만 그곳에서 저에게 경고해줄 리 없지 않습니까."

어느 기업이 경쟁업체에게 경고를 준단 말인가.

오히려 약점을 잡았다면 상대측이 알기 전에 뒤통수를 쳤을 것이 분명했다.

"자네 말처럼 알바트로스사에서 그랬을 리가 없겠지. 혹시 불법임상실험에 대해 알아낸 과격단체가… 아니지. 누구든 이런 일을 벌이기가 힘들어."

길버트도 예상되는 인물이나 기업이 전혀 없었다.

그렇게 두 사람의 생각은 점점 깊어졌다.

"그보다 제가 지낼 곳도 알아봐주실 겁니까?"

리처드는 자신의 안전을 생각하며 물었다.

"걱정 말게. 누구도 쉽게 찾을 수 없는 곳으로 구해놨으니 말이야."

"정말입니까? 그럼 짐부터…….."

대답과 함께 리처드는 가방에다가 쾌쾌한 냄새가 나는 옷가지들을 챙겨 넣었다.

철컥!

동시에 길버트는 품속에서 권총을 꺼내 그를 향해 겨누었다. 그가 방금 전에 말한 안전한 곳이란 저승을 말함이었다.

"저, 전무님. 왜 이러십니까?"

"자네에게 미안하지만 이번 일은 책임져줄 사람이 있어야 해결되어서 말일세."

리처드는 버림받았단 것을 알고 황당할 수밖에 없었다. 그러나 총은 이미 겨눠진 상태이기에 어쩌지도 못했다.

"어떻게 저한테 이러실 수 있으십니까!"

"애초부터 자네가 동영상만 잘 관리했으면 이런 일이 벌어지지도 않았겠지. 내가 괜히 자네에게 거금을 넘겨주면서까지 임상실험을 지시했겠나."

불법임상실험은 제약회사로서 수습하기 불가능한 범죄였다. 그럼에도 간혹 발생한 이유는 임상에 대한 기간단축의 메리트가 크기 때문이다.

특히 길버트는 천익에게 엄청난 금액을 투자까지 받았다. 준비하던 종합백신까지 무사히 발표된다면 세인트메디슨의 차기 사장 자리까지 넘볼 수 있었다.

"빌어먹을!!"

"그 정도 욕쯤은 기분 좋게 받아주지."

띠—

길버트는 권총을 쥔 반대쪽 손으로 핸드폰의 통화 버튼

을 눌렀다. 밖에서 대기 중이던 천익의 요원들을 부르기 위해서였다.

"알아서 해결해주신다고 하셨지 않습니까."

"그래서 이렇게 알아서 하지 않나. 곧 있으면 자네를 곱게 처리해줄 사람들이 올 것이야."

하지만 그의 말과 달리 시간이 지나도 문밖은 잠잠했다. 진즉에 천익의 요원들이 들이닥쳤어야 하는데도 아무런 반응도 없었다.

"뭐지……?"

통화 버튼은 눌려 있었다.

이에 길버튼은 수화기를 귓가로 가져갔다.

그런데 신호음이 울리지 않고 노이즈만 울려댔다.

"발신이 안 되는 건가? 하필이면 이럴 때……."

몇 번이고 시도해봤지만 아까까지만 해도 잘되던 핸드폰이 먹통이었다.

"어쩔 수 없지. 자네는 거기서 움직이지 말게나."

길버트는 총을 리처드에 겨눈 채로 문고리를 잡았다.

바깥으로 얼굴을 내밀어 천익의 요원들을 부르려 했다.

"이럴 줄 알았으면 바깥에 대기하라 할 걸 그랬군."

귀찮아짐에 한순간 문밖으로 내밀어지던 길버트의 표정이 구겨졌다.

퍽!

동시에 길버트의 뒤통수로 묵직한 충격이 전해졌다.

"크억!"

정신을 잃은 길버트는 그대로 바닥으로 쓰러지더니 누군가의 손에 방으로 끌려 들어갔다.

방금 전까지 벽 쪽으로 바짝 붙어 있던 리처드였다.

"더럽게 무겁군."

탁하던 리처드의 목소리가 높게 올라갔다.

그 목소리의 주인공은 바로 IIS의 김욱현이었다.

김욱현은 한숨을 내쉬더니 머리에 쓰고 있던 누런색의 가발부터 벗었다.

"답답하고 냄새나 죽는 줄 알았네."

치직—!

—MAD One. 상황은 종료되었나?

가발 밑으로 쓰고 있던 골전도 무전기가 울렸다.

"MAD Two. 상황 종료. 완전히 보냈습니다."

그가 대답을 마치자마자 밖에서 대기 중이던 IIS의 유강수와 다른 요원들이 안으로 들어왔다.

"밖은 정리된 겁니까?"

"깔끔하다. 이제 마무리만 하면 돼."

밖에서 대기하던 천익의 요원들은 길버트가 방으로 들어감과 동시에 제압해둔 상태였다.

"그럼 정리 시작하겠습니다."

이에 김욱현도 옷을 갈아입고 주변에 널려진 옷가지와 짐들을 봉투에 모조리 때려 박았다. 최대한 흔적을 남기지 않기 위해서였다.

그들은 마무리가 되자 바닥에 쓰러진 길버트만 남기고 밖으로 나섰다.

"으음……."

길버트가 깨어난 것은 기절한 지 3시간가량이 지나서였다. 눈을 뜬 길버트는 자신이 찾아왔던 리처드의 방이란 것을 알 수 있었다.

"여긴…? 아, 리처드!"

혼란스런 와중에 길버트는 리처드를 찾아냈다가 갑작스런 충격으로 정신을 잃었던 것이 떠올랐다.

"이 자식이! 방심한 틈에 뒤통수를 친 건가!"

방 안에는 리처드밖에 없었기 때문이다. 게다가 품속 핸드폰이나 지갑도 남아 있지 않았다.

"젠장!"

리처드를 놓쳤다고 생각한 길버트는 바닥을 주먹으로 때리며 분노했다.

"그보다 청소까지 하고서 도망친 건가?"

아까와 달리 너무 깨끗해진 방 안의 모습에 길버트는 의아한 표정을 지었다.

"아, 천익! 그 자식들은 대체 어떻게 된 거지?"

천익의 요원들과 통화가 되지 않았다. 하지만 밖으로 리처드가 나갔다면 그들이 가만두지 않았을 것이다.

길버트는 자리에서 일어나다가 옆으로 떨어진 자신의 총을 발견하고 집어 들었다. 그리고 밖을 확인하기 위해 곧장 걸음을 옮겼다.

철컥!

"꼼짝 마!"

동시에 문밖에 있던 사람들이 길버트를 향해 총을 겨누며 소리를 질렀다.

"당신들은 뭐야!"

"마약단속국이다! 길버트 맥도널. 당신을 마약관리법 위반으로 체포한다!"

그때 1층 주차장으로 검은색 승용차들이 줄줄이 들어섰다. 거기서도 검은 정장의 사내들이 내리더니 마약단속국 요원들을 지나쳐 다가왔다.

"뉴욕 검찰청에서 나왔습니다. 길버트 맥도널. 당신을 불법임상실험에 관련된 배후로서 체포합니다. 공범자인 리처드 패튼이 증거와 함께 모두 자백했으니 빠져나갈 수 없을 겁니다."

길버트의 계획대로라면 마크와 리처드를 조사했어야 할 인물들이었다. 길버트는 구겨진 표정을 지으며 들고 있던 총을 떨어뜨릴 수밖에 없었다.

"하아… 어, 어떻게 이런 일이……."

오랫동안 계획해 온 야망이 끝난 것이다.

그사이 마약단속국과 뉴욕 검찰청은 서로 증거가 있다면서 누가 길버트를 데려갈지 정하고 있었다.

뉴욕 검찰청처럼 마약단속국도 사건에 가담했던 마크 테일러가 자수해 왔기 때문이다.

한 기업의 임원이 마약조직과 결탁하여 약물을 밀반입시키고, 신약개발에 의한 불법임상실험까지 지시했으니 엄청난 사건일 수밖에 없었다.

[마약단속국 DEA와 뉴욕 검찰청은 세인트메디슨컴퍼니의 전무 길버트 맥도널과 범죄에 가담한 2명의 자백과 증거로 기소가 확정될 것이라 발표했습니다. 마약거래에 대한 배후는 현재 조사 중이며, 불법임상실험에 대해서도 세인트메디슨컴퍼니의 노먼 회장이 전적으로 협조할 것이라고 합니다.]

"후우……!"

노먼 회장은 방금 전에 성명발표를 마치고 자신의 사무실로 올라왔다. TV에서도 그때의 발표 뉴스가 계속해서 흘러나왔다.

결국 세인트메디슨 내에서 벌어진 일이었다.

"수고 많으셨습니다."

대각선 자리에는 한 사내가 앉아 그를 위로해줬다.

"차준혁 대표의 말을 듣지 않았다면 어떻게 되었을지… 정말 감사합니다."

사내는 차준혁이었다. 그리고 옆에는 신지연도 같이 앉아 있었다.

"노먼 회장님께서 잘 처신해준 덕분입니다."

"하지만 미리 말해주지 않았다면 몰랐을 겁니다. 거기다 길버트가 사라지기라도 했다면… 세인트메디슨이 지금의 여파를 직격으로 맞았을 것입니다."

길버트는 마약거래와 더불어 불법임상실험으로 가늠하기도 힘들 정도의 수많은 피해자를 만들었다. 지금도 미국 국민들은 광장으로 모여들어 길버트의 사형을 외쳤다.

만약 길버트가 도망쳐버렸다면 노먼 회장이 그 죗값을 치렀을지도 몰랐다.

"일이 정말 잘 풀려서 다행이죠."

"마크와 리처드가 자수해준 것이 길버트를 잡는 데 한몫

했습니다. 하지만 자신들도 위험한데 증거도 모자라 자백까지 해주다니… 좀 의외였습니다."

두 사람은 사건어 터짐과 동시에 몸을 숨겼다.

그런데 갑자기 나타나 모든 것을 털어놓았으니 노먼의 입장에서는 의아할 수밖에 없었다.

"일은 차츰 수습되겠지만 기업의 사건증명과 국민들의 신뢰를 되찾기 위해서도 힘내셔야 할 겁니다."

"그건 각오하고 있었습니다."

노먼은 모든 것을 인정했기에 조용히 탄식을 흘렸다.

"헌데… 모이라이의 차준혁 대표께서 어떻게 그런 정보를 가지고 계셨던 겁니까?"

그도 계속 궁금했지만 사건이 일단락되기 전에 묻지 못했던 질문이었다. 이에 차준혁은 살짝 미소를 지어 보였다.

"인맥 덕분이죠. NGO로 가장한 불법임상실험이 콩고민주공화국 인근에서 벌어졌습니다. 둘카누 왕자는 당국 정부를 통해 그 사실을 듣고 말해주었습니다."

차준혁은 미국에 들어와 듀케이먼과 만나며 노먼 회장과도 은밀하게 접촉했다. 물론 아무런 증거도 없이 길버트의 죄를 증명할 수는 없었다. 그래서 둘카누 왕자의 인력과 이지후의 정보수집으로 모아 놓은 증거를 보여주었다.

"당신 덕분에 그동안 노리고 있던 썩은 부위를 도려낼 수 있었습니다."

사실 노먼 회장도 길버트의 악행은 처음부터 알고 있었다. 커다란 기업 내에서 임원들이 파벌을 나눠 서로 견제했기 때문이다. 하지만 길버트의 범죄 사실을 터뜨리기에는 대가가 너무 컸다.

기업의 이미지야 시간이 지나면 회복된다. 이익 부분에서도 상당한 손실이 생기겠지만 제약회사의 자금력으로 충분히 커버할 수 있었다.

가장 큰 문제는 노먼 회장의 입지였다. 이번 일로 대주주들이 노먼 회장의 지위를 실각시킬 수 있기 때문이다.

"거기다 차준혁 대표가 대주주들까지 설득해주어서 이 자리까지 지킬 수 있었지요."

"운 좋게 쌓아 온 인맥 덕분입니다."

그의 말대로 차준혁은 세인트메디슨의 대주주들을 직접 만나 주주총회를 막아주었다. 물론 쉽지 않은 일이었다.

세인트메디슨의 주가총액은 한화로 252조 1,170억 원이다. 총 주식량이 100만 주라면 1주당 약 2억 5,200만 원 정도였다. 당연히 그런 주식은 3~4%씩이나 보유한 대주주들도 엄청난 인물들일 수밖에 없었다.

"하지만 저희 주식을 4.2%나 위임받으시다니요. 그건 결코 쉽지 않은 일입니다."

실제 세인트메디슨의 주식 총량에서 4.2%면 금액으로 10조 5,889억이었다. 아무리 경제면에서 급상승 중인 모

이라이라도 그 정도의 세인트메디슨 주식을 사들이기 불가능했다.

"저를 믿고 도와주신 분들 덕분입니다."

차준혁은 미국에서의 일들을 처리하며 한국에 있는 천환그룹, JW물산, 겨레회에 연락을 넣었다.

그중에 두 기업은 국내에서 알아주는 곳이었다.

천만다행으로 세인트메디슨의 주식을 0.5~1.0%씩 보유하고 있었다. 차준혁은 그들에게 어렵게 부탁하여 위임장을 넘겨받았다. 물론 그것만으로는 많이 부족했다. 임진환 회장과 정재원 회장이 발 벗고 나서서 관계가 깊은 기업들에게 위임장을 받아주었다.

그들이 차준혁과의 깊은 인연이 있었기에 가능했다.

"대주주들까지 설득해주시지 않았습니다. 그건 위임장이 있다 해도 쉬운 일이 아닙니다."

주식에 대한 위임장 덕분에 차준혁은 대주주들을 만나기가 수월했다. 4.2%면 평균 3.5%를 보유한 이들보다 0.7%나 많은 수치였기 때문이다. 거기다 차준혁은 30살도 안 되어 전 세계를 뒤흔든 기업의 대표였다.

세인트메디슨 주식의 위임장과 차준혁의 경제적 위치가 그들을 설득하는 데 있어 큰 역할을 했다.

"일은 잘 처리되었지만 아직 안심하시면 안 됩니다. 길버트와 같은 임원들이 남아 있을지 모르니까요."

지금까지 세인트메디슨 내에서 길버트는 상당한 힘을 가졌다. 노먼 회장도 기업 내의 정보력으로 그의 악행을 알았지만 잘라낼 증거를 찾지 못했다.

거기다 악행을 알았을 때에 길버트는 이미 의약품 수출관리팀과 신약개발팀을 전담했다. 아무런 증거도 없이 중책을 맡은 길버트를 잘라낼 수는 없었다. 지금은 잘 해결되긴 했지만 그때와 상황이 또 달라졌다.

노먼회장과 사장 다음으로 패권을 쥐고 있던 길버트가 떨어져 나갔으니 다른 임원이 그 자리를 노릴 것이다.

"그래도 본보기가 생겼으니 함부로 움직이지는 않겠지요."

길버트의 구속은 사내에서도 큰 충격을 가져다줬다.

평소에 그는 누구보다 다정하고 신뢰 있는 모습만 보여줬으니 당연한 결과였다.

"회장님의 생각대로 된다면 다행이겠지만… 인간의 탐욕에는 한계가 없습니다."

"절대 그런 일이 없도록 할 것입니다. 그보다 이번 일이 해결되면 부탁이 있다고 하셨는데… 무엇입니까?"

노먼의 물음에 차준혁은 미소를 지었다.

남은 블록부터 넘어뜨리고 가야지

[미국의 세인트메디슨컴퍼니는 개발 중이었던 신약의
불법임상실험에 대해 모든 책임을 지고, 진행 중이던 신약
개발프로젝트를 중단하기로 발표했습니다.]

"……."

넓은 거실 가운데 서 있던 홍주원 이사는 TV에서 나온
뉴스에 고개를 들지 못했다.

맞은편에는 얼굴이 구겨진 김정구가 앉아 있었다. 5년간
투자해 온 신약투자가 물거품이 되어버렸기 때문이다.

"어떻게 된 일인지 설명해보게. 고작 종이쪼가리 몇 장으로 올린 보고서가 아니라 제대로 된 설명을 말이야!"

김정구는 분노를 참지 못하고 탁자에 있던 서류를 그에게 집어던졌다. 서류들은 홍주원의 눈앞에서 이리저리 흩어지며 바닥으로 내려앉았다.

"길버트 맥도널의 범행 사실이 그런 식으로 드러날지는……."

미국에서의 뉴스는 국제적으로 방송되어 한국에서도 떠들썩했다. 세계적인 제약회사가 마약밀매와 불법임상실험까지 했으니 당연한 반응이었다.

하지만 김정구는 그 소식을 듣고 어떤 때보다 분노할 수밖에 없었다.

"대체 미국지사 녀석들은 뭘 하고 있던 건가! 마크 테일러? 리처트 패튼? 지금이라도 재판에서 증언하지 못하게 죽여버리면 되잖나!"

"하지만 그들이 제출한 증거들이 남아 있습니다. 거기다 마약단속국과 뉴욕 검찰청만이 아니라 FBI까지 나섰다고 합니다."

미연방수사국인 FBI가 수사를 시작했다면 이번 세인트 메디슨 사건으로 뭔가 의심한다는 의미였다.

그 상황에서 증인들이 수감된 채로 죽는다면 천익의 진짜 정체까지 추적당할 수 있었다. 천익은 정체가 드러나면 안 되기에 그것만은 피해야 했다.

"녀석들이 제대로 수사하기 전에 처리하면 될 일이 아닌가!"

"어르신. 진정하십시오. 저도 어르신의 말씀처럼 방법을 모색해보고 있습니다. 하지만 이번 일로 마크 테일러와 리처드 패튼의 암살 사주로 천익의 미국지사까지 조사를 받는 상황입니다."

익명의 제보로 길버트 맥도널이 두 사람을 죽이려 했다는 증거가 뉴욕 검찰청에 보내졌다. 당사자의 증언까지 있으니 곧바로 천익의 미국지사가 조사를 받았다.

물론 그 일을 전부 계획한 사람은 차준혁이었다.

"도대체 어쩌다가 일이 이렇게 된 건가!"

"길버트 맥도널에 대한 개인적인 원한이라고 보기에는 규모가 너무 큽니다. 그런 정황을 본다면 누군가 고의적으로 우리의 행보를 방해하는 것이 분명합니다."

그 대답에 김정구는 뭔가 감을 잡았는지 눈을 흘기다가 천천히 말했다.

"일전에 그 일하고 관계가 있다는 건가?"

천익 본사의 습격과 오정구라는 신입경호원이 사원이 사라진 일을 말함이었다. 그 일로 천익은 상당한 타격을 입을 뻔했다.

"보고서를 읽어보셨을지는 모르지만… 미국지사 요원들의 보고로는 상당한 실력을 지닌 괴한들에게 당했다고 합니다."

아무리 종이쪼가리라 치부해도 김정구가 중요한 보고서를 읽지 않았을 리가 없었다. 당연히 내용을 모두 확인하고서 지금처럼 따지는 것이다.

"아직도 어떤 놈들인지 파악도 되지 않은 건가?"

"요원들의 이동경로를 확인해봤지만 남은 흔적들이 없습니다. 그나마 알아낸 것이라고는 괴한들이 특이한 무술을 사용한단 점뿐이었습니다."

"무술?"

김정구는 무술에 대해 잘 몰랐기에 의아했다.

"그 부분만 확인해보니 울프와 본사에서 싸웠던 괴한의 무술과 흡사한 것으로 보입니다."

그가 말한 울프는 각종 무술을 습득하고 있었다. 당연히 생전 처음 보는 태무도와 싸우고 잊을 리가 없었다.

"괴한에게 조직이 있다는 의미로군."

"그것도 상당한 배후를 가진 것으로 추정됩니다."

천익도 중요 임무 간에 웬만한 흔적들을 지워버린다. 그런데 괴한들은 그것보다 철저함을 보였다.

홍주원은 괴한의 배후가 심상치 않다고 생각했다.

"조직의 정체를 구체화할 만한 흔적도 없는 건가? 국적조차도?"

"전투복을 착용하고 있었다고 합니다. 그러나 전투복에

166

그 어떤 완장이나 표시도 없다고 보고 받았습니다.”

어떤 조직이든 상징적인 무언가를 만든다. 마크나 이름으로 조직원들의 신념을 심어주기 때문이다.

물론 김정구도 그런 부분을 알고 있었다.

“일단은 다른 방법을 모색해봐야겠군.”

“저는 괴한들의 조직에 대해 알아보겠습니다.”

“그러도록.”

그 대화를 끝으로 홍주원은 걸음을 옮겼다.

쾅!

미토스코퍼레이션의 듀케이먼은 눈앞에 놓인 2구의 시신을 보며 벽으로 주먹을 휘둘렀다.

“이, 이들이 정말 게이든과 크라프인가?”

시신들은 가스폭발로 인한 화상에 전신이 일그러져 있었다. 누군지 알아볼 수조차 없었다.

이에 비서인 윌리엄도 어두운 표정이었다.

“유전자 대조 결과 확실하다고 합니다.”

“어떻게 이런 일이…….”

원래 가스폭발 사고로 발견된 시신들은 총상이 드러나면서 해당지역 검찰청으로 사건 처리되었다. 그로 인해 사라

진 요원들을 수소문하던 듀케이먼에게도 소식이 전해졌
다.

"올리브 브릿지 인근에서 발생한 가스폭발 사건이었습
니다. 일단 검찰 쪽으로는 요인경호 대피 임무 중에 발생
한 것으로 처리해뒀습니다."

본래 크라프와 게이든의 임무는 길버트를 도와 마크 테
일러를 죽이는 것이다. 하지만 그 사실은 정부 측으로부터
테러로 오인받을 수 있었다. 그래서 있는 그대로 설명하지
않고 다른 이유를 만들었다.

"록시커티스에서 마크 테일러를 데리고 사라졌다는 그
녀석들의 짓이겠군."

"그런 듯싶습니다."

"마크 테일러는 지금 어디 있지?"

"현재 다운스테이트에 수감 중입니다."

마크 테일러는 아직 재판 전이었다. 원래대로라면 구치
소에 수감되어 있어야 하지만 당사자가 신변보호를 요청
하여 특별히 교도소로 배치된 것이다.

"접촉할 방법은?"

"면회는 가족과 변호사로만 한정되었습니다. 그리고 가
족은 현재 행방이 확인되지 않습니다."

"리처드 패튼이란 녀석도 상황이 똑같은가?"

"그렇습니다."

마크와 리처드는 세인트메디슨 사건의 중요 참고인이자 피의자였다. 당연히 검찰청이나 마약단속국에서 아무렇지 않게 방치해둘 리가 없었다. 그것은 두 사람의 가족들도 마찬가지였다. 친족으로 협박을 받을 수 있으니 증인보호프로그램을 적용시켜 숨겨 놓았다.

"크음… 당최 제대로 되는 일이 하나도 없군!"

"그보다 관리부에서 보고는 받으셨습니까? 현재 본사의 주가변동이 심상치가 않습니다."

"관리부? 보고서를 받긴 했는데… 무슨 말인가?"

듀케이먼이 그 서류를 받은 것은 아침이었다.

그때 크라프와 게이든의 대한 소식을 받게 되어 미처 확인하지 못했다.

"아까 말씀대로입니다. 일단 자리부터 옮기시죠."

여전히 시신이 놓인 안치실이었다. 윌리엄은 듀케이먼을 따라 밖으로 나가며 방금 전 설명을 이어 나갔다.

"주가가 기존가보다 5%나 하락했습니다. 현재까지 손실된 금액만 본다면 10억 달러 정도입니다."

"원인은?"

"현재 파악 중에 있습니다."

주식에서 10억 달러 정도의 손실은 엄청난 것이다.

물론 미토스처럼 거대한 기업이 흔들릴 만큼은 아니었다. 신형장비만 발표한다면 언제든 회복이 가능했다.

하지만 이번처럼 주가하락이 일어난 적이 드물어 이상하게 생각될 수밖에 없었다.

"그걸 메우려면 모이라이와 최대한 빨리 손잡는 방법이 좋겠군."

"일전에 말씀하신 건 어떻게 할까요. 일단 크라프와 게이든이 저렇게 되었으니⋯⋯."

MR테크의 신형 방탄전투복에 대한 시험을 말함이었다. 국외에서 준비해야 하는데 담당 책임자인 크라프가 사망하고 말았다.

"그건 새로운 책임자를 선출할 때까지 보류해야겠지. 빠른 시일 내로 후보를 올리도록."

크라프가 사망했을 때 본래 후보는 게이든이 가장 유력했다. 그런데 그런 게이든마저 죽어버렸으니 다른 후보를 모색해야 했다.

∞

차준혁과 신지연은 아직 미국 뉴욕에 있었다.

두 사람은 차에서 내려 세인트메디슨 본사 건물로 들어섰다. 아침이었기에 출근하던 직원들의 시선이 두 사람에게 집중되었다. 대한민국과 마찬가지로 차준혁은 미국에서도 유명했기 때문이다.

"회장님께서 기다리고 계십니다."

로비에 서 있던 차준혁에게 노먼 회장의 비서인 마리아가 다가와 말을 걸었다.

"미리 연락드린 대로 결제할 사항이 있어 조금 늦었습니다."

"시차가 있어 이해하신다고 말씀하셨습니다. 일단 따라오시죠."

차준혁은 그녀를 따라 노먼 회장의 사무실로 향했다.

그렇게 사무실로 도착하자 업무를 보고 있던 노먼 회장이 일어나 다가왔다.

"업무는 잘 보셨습니까."

"덕분에 깔끔히 처리할 수 있었습니다."

"일단 앉으시죠."

노먼 회장의 손짓에 차준혁과 신지연은 소파에 앉았다.

"생각은 잘해보셨습니까?"

차준혁이 먼저 말을 꺼내자 노먼은 잠시 생각하다가 눈을 마주쳤다.

"정말 모이라이에서 새로운 임상실험을 준비해주실 수 있는 겁니까?"

확답을 바라는 눈치로 묻고 있었다.

"아시다시피 저는 콩고민주공화국과 밀접한 관계를 가지고 있습니다. 세인트메디슨에서 그쪽으로 의약품을 기존 단가보다 조금만 저렴하게 수출해주신다면 수용해주기로 이야기가 되었습니다."

"하지만 프로젝트를 중단한 신약의 임상실험입니다. 그것만으로 콩고정부에서 허락했단 말입니까?"

물론 콩고민주공화국 정부도 국제적으로 떠들썩한 세인트메디션 사건을 알고 있었다. 당연히 표면적인 모습만 본다면 불가능할 것이 당연했다.

그 부분은 차준혁이 둘카누 왕자를 통해 설득할 수 있었다. 어차피 신약은 대부분의 임상실험이 끝난 상태이기 때문이다. 프로젝트만 중단되었을 뿐, 기존의 자료들은 그대로 남아 새롭게 진행시킬 수도 있었다.

"콩고뿐만이 아니라 대한민국도 포함될 것입니다. 그리고 콩고민주공화국의 조건과 달리 난치병에 관한 특수의약품 사용 허가입니다. 가격도 깎아주시면 더 좋겠고요."

"대한민국도 말입니까? 그건 반발이 심할 듯싶은데……."

대선이 다가올 시기에 미국에서는 인플루엔자 전염이 시작된다. 김태선과 천익이 그것을 노린 게 확실하다면 수단부터 차단시켜야 했다.

"저희 모이라이 측에서도 조건은 있습니다. 새로운 프로젝트를 같이 진행해보심이 어떨까 합니다. 그럼 괜찮지 않을까 싶은데요."

차준혁이라면 대한민국과 콩고민주공화국 정부를 충분히 설득할 수 있었다.

물론 국민들의 반발이 생길지도 모르지만 모이라이가 신약을 합동 개발함으로써 신뢰를 줄 수 있었다.

"흠… 허나 모이라이에는 제약계열사가 없지 않습니까. 그런데 어떻게 합동 개발을 한다는 말이지요?"

그의 말처럼 모이라이에는 섬유, 의류, 건설, 주식투자, 군수계열만 있고 제약기업은 아직 없었다.

"제약회사 계열사에 대한 준비는 거의 끝나 가고 있습니다."

"회사를 인수한다는 말씀이십니까?"

"타이밍 좋게도 얼마 전부터 준비 중이었습니다."

차준혁은 미국에서의 계획을 세우면서 인수할 제약회사부터 물색해 놓았다. 이후부터는 모이라이에서 구정욱과 지경원이 움직여주었다. 경영난으로 부도나기 직전이었던 유광제약이란 기업을 인수했고, 차준혁이 알려준 연구원 후보들을 스카우트해두었다.

"하지만 제약회사만 인수한다고 해서 공동개발에 들어가기는 힘듭니다."

세인트메디슨은 미국에서도 독보적인 제약회사였다.

당연히 프로젝트의 규모나 개발에 참가했던 연구원들도 상당히 유능했다. 그런 부분부터 차이가 날 것이니 노면 회장은 우려가 되었다.

"저희 쪽의 연구원들도 유능한 인재들도 구성해두었습니다. 걱정되신다면 사람을 시켜 시험해보셔도 좋을 겁니다."

타사의 연구원이 아닌 약학대학의 졸업예정자들만 골라서 스카우트되었다. 물론 차준혁은 미래의 기억을 토대로 유능해질 사람들만 찾아 놓았다.

"흐음……."

노먼 회장의 고민이 다시 깊어졌다. 처음 제안을 받고서도 계속 생각해본 것이지만, 지금의 제안으로 더욱 깊게 생각할 수밖에 없었다.

그 모습에 차준혁은 다시 입을 열었다.

"거기다 노먼 회장님의 입지까지 굳건해지지 않겠습니까."

일단 차준혁이 총 지분 51%를 나눠 가진 대주주들을 설득하여 길버트의 범죄에 대한 회장의 관리부실을 책잡지 않았다. 그들은 본래 노먼 회장의 편으로 이번 일에 탄식을 금치 못하던 대주주들이었다.

하지만 그것으로 끝이 아니었다.

나머지 49%에 해당하는 다른 파벌의 대주주들과 그 휘하의 임원들이 있었다. 여전히 노먼 회장의 자리를 넘보고 있었기에 안심할 수는 없었다.

"그렇다면 오히려 저와 같이하는 일들이 위험하다고 생각되지 않으십니까? 공동개발을 한다고 해도 오히려 모이라이에 큰 타격을 줄지도 모릅니다."

노먼 회장의 말처럼 현재 세인트메디슨은 보이지 않는 전쟁 중이다. 파벌로 나뉜 임원들이 서로서로 뭉쳐 틈만 보이면 회장을 끌어내리려 했다.

"저희도 충분한 리스크를 안고 가려는 것입니다."

"모이라이에서 굳이 그럴 필요가 있습니까? 오히려 저보다는 다른 배로 올라타심이 좋지 않을까 생각합니다."

차준혁의 적극적인 모습과 달리 노먼은 달관한 표정을 지었다. 자신의 지위도 여기까지 만이라고 생각하는 것 같았다.

"저는 쓸데없이 큰 배를 좋아하지 않습니다. 속도도 느리고 실속도 없으니까요."

"저는 침몰하는 배입니다만……."

분위기가 조금 가벼워진 탓인지 차준혁과 노먼 회장은 약간의 농담 섞인 질문을 주고받으며 눈을 맞췄다.

"모험을 좋아해야 사업도 재미있지 않겠습니까."

"후우… 젊은 사람치고는 패기가 상당하군요."

노먼 회장은 장난스러운 차준혁의 목소리에서 묵직한 분위기를 느꼈다. 그 탓에 과한 농담을 받고도 어이없어하지 못하고 진심으로 받아들였다.

"어떻게 하시겠습니까. 지금 상황에서 세인트메디슨도 새로 프로젝트를 진행하기에는 문제가 많으니 저희 제안이 최선이지 않습니까."

이에 차준혁은 다시 신약공동개발에 대한 화제를 이어갔다. 물론 세인트메디슨은 자금적인 면에서 문제가 없었다. 그러나 불법임상실험으로 국민들의 신뢰가 바닥났다.

당연히 임상실험을 재개할 어떤 나라에서든 반발이 일어날 것이니 쉽지 않았다.

"아까도 말씀드렸다시피 제가 결정은 내릴 수 있겠지만… 임원들의 반발이 있을지도 모릅니다."

임원들도 이번 사건으로 크게 술렁였다. 무척이나 예민해진 상태라 커다란 결정에 부정적인 반응이 나올 가능성이 컸다.

"아마도 그들은 반대하지 않을 겁니다."

"어째서 그리 생각하십니까?"

"회장님이 아까 말씀하셨잖습니까. 침몰하는 배라고요. 그런 입장에서 무리한다고 생각하면 오히려 부추기지 않을까 싶습니다."

차준혁은 미국에서 노먼 회장의 대답을 기다리는 동안 임원들과 다른 대주주들의 동태를 확인했다.

그중 몇몇은 차준혁이 말한 것처럼 노먼 회장의 실책을 기다렸다. 지금 상황에서 무리인 신약개발을 다시 진행한

다면 임원들도 반대하지 않을 가능성이 컸다.

"하긴… 상황을 본다면 그럴 수도 있겠군요."

"어차피 무너질 성이라면 화끈하게 거시죠. 저희도 이번 일이 실패한다면 손실이 적지 않을 겁니다."

제약회사 인수나 연구원 스카우트에 대한 자금투입은 어마어마했다. 거기서 일반프로젝트도 아닌 불법임상실험으로 무너졌던 프로젝트를 또다시 실패한다면 타격은 엄청날 수밖에 없었다.

"흐음……."

노먼 회장은 다시 턱을 쓰다듬으며 갈등했다.

일단 차준혁은 제안만 했을 뿐이다. 표면적으로 세인트 메디슨과 신약을 개발하지 않아도 문제가 없었다.

그럼에도 서로 큰 위험을 감수한다면 믿을 만했다.

"알겠습니다. 차준혁 대표의 제안을 받아들이기로 하지요. 대신에 신약공동개발에 필요한 모이라이의 준비를 우리 쪽에서 심사해봐도 괜찮겠습니까?"

"얼마든지 그러시죠. 이것으로 우리가 한배를 탔다고 생각하고 준비하겠습니다."

두 사람은 서로를 바라보며 악수했다.

"아! 노먼 회장님께 부탁할 일이 있군요."

"뭔가요? 가능하다면 충분히 들어드리겠습니다."

이제 한배를 탄 것이니 서로 도울 수 있는 부분은 도와주는 것이 좋았다.

"신약공동개발과 함께 저희 쪽에서 독자적으로 진행할 신약개발 프로젝트가 있습니다. 그에 관해서 FDA에 손써주실 수 있겠습니까."

"설마… 제대로 된 임상실험도 없이 무단으로 통과시켜 달라는 것은 아니겠지요?"

"그럴 리가 있겠습니까. 신경에 대해 진정 효과를 주는 약품입니다. 아직 개발 계획만이니 괜찮으시다면 그것도 같이 프로젝트에 포함시켜주셨으면 합니다."

차준혁은 생각이 난 김에 진행 중인 계획을 말하며 부탁까지 덧붙였다.

"그것도 같이 확인하도록 하죠."

"잘 부탁드립니다."

그 뒤로 몇 가지 대화를 더 나누었다.

"저희는 곧 한국으로 돌아가니 주기적으로 연락드리겠습니다."

차준혁은 미소 지어 보이며 대답했다.

제안에 대한 결과가 나오고, 차준혁과 신지연은 노먼 회장의 사무실을 나섰다.

밖으로 나오자 계속 조용히 있던 신지연이 조심스럽게 입을 열었다.

"…잘될까요? 방금 전에 말한 대로라면 우리도 상당한 위험을 감수하는 거잖아요."

그녀가 생각하기에 세인트메디슨과 모이라이는 기업의 등급부터가 달랐다. 세인트메디슨은 연매출이 약 12억 달러, 한화로는 52조 원이 넘었다. 반면에 모이라이는 급성장 중이지만 연매출 1조 원이 조금 넘는 정도였다.

일반사람들에게는 엄청난 금액이지만 기업적인 측면에서는 상당한 차이일 수밖에 없었다.

"걱정 말아요."

"하지만 아까는 위험이 크다고……."

모이라이는 제약계열에 경영 이력이 없었다. 단순한 양산품만 찍어내 파는 것과는 다르니 걱정되는 것이 당연했다.

"정말 괜찮을까요? 아무런 실적도 없는 제약회사랑 세인트메디슨이 신약공동개발을 하기는 힘들 텐데요. 그럼 여기 임원들이 바라는 대로잖아요."

"실적은 바로 만들 거예요. 뭐… 개발되는 시간이랑 FDA에 인증받는 데 좀 걸리겠지만요."

신지연은 차준혁이 무슨 생각을 하는지 이해하기 힘들었다.

모이라이의 유광제약 인수는 조용히 마무리되었다.

아직 정식으로 발표되지는 않았기에 회사의 간판은 유광제약의 이름 그대로였다.

구정욱은 차에서 내려 그런 유광제약 연구소 건물로 지경원과 주경수와 같이 다가갔다.

"이번만큼은 차 대표가 무슨 생각을 하는지 모르겠군. 안 그런가?"

"저는 언제나 예측이 힘들었습니다."

"그랬던가?"

지경원은 지금도 본부장으로서의 역할을 잘 수행했다. 어떤 경우라도 차준혁의 지시에 의문을 가지지 않았다. 이번에도 제약회사 인수 지시가 떨어지자마자 기업을 물색하여 빠르게 진행했다.

"오셨습니까?"

1층 현관 앞으로 유광제약의 사장인 김송우와 임원들이 나와 섰다.

구정욱은 그런 김송우를 보며 난감한 기색을 보였다.

"저희가 올라가면 될 것을 굳이 뭐 하러 나오십니까."

"이제 모이라이는 저희 유광… 아니, MR제약의 본사가 아닙니까. 당연히 이렇게 행동해야죠."

기업인수가 끝나고 유광제약의 사장과 임원진은 그대로

가기로 결정되었다. 그 때문인지 김송우와 임원들은 모이라이에 감사하고 있었다.

"오늘은 연구원들을 만나보고 싶다고 하셨지요."

"부탁할 것도 있고 해서 말입니다."

임원들은 본래 자리로 돌아가고, 김송우 사장이 직접 안내를 맡았다. 유광제약 건물은 전부 10층으로, 그중에 5~6층이 연구실로 사용되었다.

"아시다시피 연구원들은 많이 남아 있지 않습니다."

유광제약은 본래 건강보조식품을 개발 및 판매를 주로하고 있었다. 그러다 기존 연구원들을 경쟁사에게 스카우트 당한데다가 경영부진까지 겹쳐 주가는 바닥을 치고 말았다.

원래부터 무리하게 운영되던 기업이었기에 부도가 코앞이었다. 당연히 기존에 남아 있던 연구원들도 대부분 스스로 떠날 수밖에 없었다.

"그건 걱정하지 않으셔도 됩니다. 저희 쪽에서 인원을 구해놨으니 다음 주쯤이면 발령이 날 겁니다."

"벌써 말입니까?"

김송우도 인수식에서 연구원 보충에 대한 사항을 듣기는 했다. 그러나 고작 1주일 전의 이야기였기에 진행이 빠르다고 느꼈다.

"대표님께서 진행을 재촉하셔서 말이죠. 그보다 연구원

들을 소개받을 수 있을까요?"

어느새 그들은 제1연구실이라고 써 있는 곳으로 들어섰다. 기존 연구를 진행하던 연구원들은 김송우 사장의 등장으로 모든 행동을 멈췄다.

"다들 알고 있다시피 우리 유광제약은 모이라이에 흡수되었습니다. 이에 모이라이 본사에서 나오신 구정욱 상무님과 지경원 본부장이십니다."

직급으로는 사장으로 김송우가 더 높았지만 그들에게 여전히 경어를 사용했다. 연구원들도 그런 관계를 이해하기에 두 사람을 향해 고개를 숙였다.

"반갑습니다. 현재 연구실 책임자는 누구십니까?"

그의 물음에 가운데 서 있던 더벅머리에 뿔테 안경을 쓴 사내가 터벅터벅 걸어 나왔다.

"저입니다."

"이름이……?"

"연구실장… 조제윤이라고 합니다."

깔끔한 연구실 분위기와 달리 조금 지저분해 보이는 사내였다. 구정욱은 살짝 고개를 갸웃거리며 조제윤을 천천히 훑어보았다. 김송우는 구정욱이 그를 마음에 들어 하지 않는다고 생각해 끼어들었다.

"보기와 달리 능력 있는 친구입니다. 대학도 하버드대 약대를 나왔고요."

"하버드요? 그런데 어째서 아직 여기에……."

틸틸한 외모와 달리 엄청난 학벌이었다. 그런 학벌을 가진 사람이 어째서 인수되기 전에 그만두지 않았는지 이해가 안 되었다. 조제윤이 틸틸거리며 입을 열었다.

"3년 전까지는 백웅제약에서 근무했습니다."

"거기라면… 국내에서 알아주는 곳이 아닙니까."

백웅제약은 대한민국에서 열 손가락 안에 드는 제약회사였다. 하버드라는 학력이라면 당연했다.

그런데 그런 곳에서 유광제약으로 옮겨 왔다면 뭔가 큰이유가 있을 것 같았다.

"어째서 여기로……."

조제윤은 잠시 생각하다가 머리를 긁적였다.

"시키는 대로만 움직이라고 해서요."

백웅제약은 거대기업인 만큼 내부서열이 철저했다. 아무리 실력이 있어도 신입은 연구에 대한 자율성이 없었다. 조제윤은 그런 부분이 마음에 들지 않았던 것이다.

"아… 굉장히 자유분방한 분인가보군요. 그럼 여기는 그런 게 없나봅니다?"

이번에도 김송우가 말을 이어 나갔다.

"저희는 연구원들의 자유 연구를 모토로 하고 있습니다. 뭐… 그래서 이렇게 되었지만 말입니다."

보통 제약회사에서는 프로젝트를 걸어 연구를 진행시켰

다. 물론 주기적인 보고와 기밀성을 철저하게 유지하여 기업이 특허권을 가져간다.

　하지만 유광제약은 자율적인 연구 때문에 연구원들이 대거 빠져나가면서 진행 중인 프로젝트도 타사로 넘어가고 말았다.

　"좋은 방법은 아니지만 연구실의 분위기는 매우 만족합니다."

　유광제약의 부도 위기 덕분에 기업에 애착이 없던 직원들을 골라낸 것이다. 그로 인해서인지 방금 전까지만 해도 잔류한 연구원들은 화기애애한 분위였다.

　구정욱은 모이라이와 비슷하게 느껴져 충분히 마음에 들었다.

　"지 본부장은 어떤가?"

　"저도 괜찮아 보입니다. 그보다 부탁하실 것이 있지 않았습니까?"

　"아! 그랬지!"

　중요한 것을 깜박했던 구정욱은 품속에서 약포지에 쌓인 물건을 꺼냈다.

　"조제윤 연구실장. 이 약의 성분을 분석하고, 양산화시킬 수 있을지 확인해주시기 바랍니다."

　"이게 무슨 약입니까?"

　물건을 건네받은 조제윤의 고개가 갸웃거렸다.

약포지를 벌려보자 안에는 약환 1개가 있었다.

"특정 지역에서 진정제로 쓰이는 환약이라고 들었습니다."

"민간제조법으로 만든 것인가 보군요."

조제윤은 환약을 이리저리 살펴보더니 구정욱이 눈앞에 있음에도 자신의 자리로 천천히 걸어갔다.

"저 친구, 또 저러는군."

완전히 집중한 표정이었다. 김송우는 어쩔 수 없다는 듯이 말하며 구정욱과 지경원에게 미안함을 보였다.

"집중력이 좋은가보군요."

"정도가 심할 정도로 호기심이 많아서 그렇습니다. 사실 백웅제약에서도 프로젝트 진행 중인 약품을 무단으로 분석하다가 쫓겨난 거거든요."

"아……."

과한 호기심이 불상사를 만든 것이다.

"하지만 연구팀원들에게 불만은 없습니다. 오히려 바보 같으면서도 열정적이라고 좋아하죠. 그렇지 않나?"

그 물음과 함께 멀뚱히 쳐다보던 팀원들이 고개를 빠르게 끄덕였다. 그리고 구정욱은 너무 솔직한 대답을 들으며 미소가 지어졌다.

"나무라는 것이 아닙니다. 조제윤 연구실장과 비슷한 사람이 저희 쪽에도 있어서 말입니다."

정보팀장을 맡고 있는 이지후를 말함이었다.

이지후도 번뜩인 아이디어가 생기면 누가 앞에 있든 간에 집중하는 성격이었기 때문이다.

"그랬군요."

"아무튼 팀원들은 잘 확인했습니다. 오히려 협조적이지 못한 연구원들이 이직한 상태이니, 저희가 추천할 연구원들도 잘 녹아들 수 있겠습니다."

"저도 같은 생각입니다. 모이라이에서는 딱딱한 분위기를 추구하지 않으니 좋습니다."

지경원도 구정욱의 의견에 동의하며 이야기가 마무리되었다.

"차준혁이 드디어 미쳤나보군."

해명그룹의 박해명 회장은 모이라이가 유광제약을 인수했단 소식을 뉴스로 접하게 되었다.

인수식은 이미 치러진 상태였다. 절차상에서도 아무런 문제가 없었기에 무사히 인수할 수 있었다.

하지만 박해명이 판단하기에는 말도 안 되는 소식이었다. 반면 옆에 앉아 있던 장남 박재준은 의문을 품었다.

"회장님. 듣기로는 차준혁 대표가 세인트메디슨과 접촉

했다는 말이 있던데… 뭔가 연관되지 않았을까요?"

"형님. 지금은 그 문제보다 원준이 그 자식부터 해결해야 하지 않을까 싶은데요."

박재준의 맞은편에서 차남인 박송준이 불만을 늘어놓았다. 아직까지 박원준에 대한 사건은폐가 떠들썩했기 때문이다.

"하긴… 요새 남송과 천환그룹의 동태도 심상치 않지. 회장님도 보고를 받아 아시겠지만 두 그룹이 요즘 수상합니다."

박해명의 미간이 구겨졌다. 물론 해명그룹이 사건은폐만으로 흔들리기에는 너무나 거대했다. 주가변동이 조금 있지만 극심할 정도도 아니었다.

"일단 불길부터 좀 잡아야 하는데 말이야."

뉴스를 보면 해명그룹의 사건은폐를 조사 중인 소식이 대부분이었다. 그런 상황에서 괜히 손을 잘못 썼다간 낭패만 볼 수 있었다.

"그래서 준비해 놓은 것이 있는데… 회장님께서 승인을 해주셔야 할 것 같습니다."

장남 박재준이 테이블 위로 서류봉투를 내밀었다.

안에는 사진들이 잔뜩 들어 있었다.

그것을 확인한 박해명의 눈빛이 빛났다.

"괜찮군."

사진들은 천환그룹 김추성 회장의 차녀, 김서윤의 사진들이었다. 김서윤은 사진 속에서 외간 남자를 껴안고 있었다. 뿐만 아니라 은밀한 사생활까지 뚜렷하게 찍혀 낯이 부끄러울 정도였다.

"이 정도면 일단 우리 일을 덮고 진행할 수 있지 않을까 합니다. 다만 그룹 간에 관계가 있다보니……."

현재 스스로를 골드라인이라 칭하던 세 그룹의 밸런스가 아슬아슬한 상태였다. 거기서 천환그룹과 남송그룹이 협력해야 하는 사업을 야금야금 독점하기 시작하는 중이었다. 이미 골드라인의 동맹관계는 무너졌다고 봐도 과언이 아니었다.

"새로운 협력자를 찾았으니 이제 상관없다."

어차피 사진을 뿌려봤자 천환그룹에서는 해명그룹이라고 추측하기 힘들었다. 거기다 박해명은 막내아들 박원준의 사건만 조용히 처리하길 원했다.

지금은 박재준이 내민 방법이 최선으로 보였다.

"알겠습니다. 그렇다면 이제부터 남송그룹과 천환그룹과는……."

"등을 돌렸다면 전면전뿐이겠지. 하지만 그들도 위치가 있으니 함부로 움직이지는 않을 것이다."

골드라인의 세 그룹은 서로 잡고 있는 약점들이 너무나도 많았다. 자칫 전면전을 펼쳤다간 괜히 주변 기업들만

이득을 만들어줄 뿐이었다. 당연히 김추성이나 남송도 그 사실을 알기에 조심스럽게 움직였다.

"알겠습니다. 회장님."

이내 박재준과 박송준은 박해명의 사무실을 나섰다.

[모이라이의 새로운 행보가 시작되었습니다. 이번에는 부도 직전이었던 유광제약을 인수하여 제약 계열사를 세웠습니다. 기존과는 전혀 다른 사업이기에 국민들의 관심이 주목되고 있습니다.]

뉴스로 인해 세상은 또다시 들썩였다.

본래 모이라이는 주식과 부동산 투자로 시작되었다.

섬유나 의류는 로드페이스를 대외적으로 인수하는 것으로 자리 잡았다. 다음에는 JW물산과 MOU를 체결한 후 천성건설까지 흡수하여 건설계열사를 완성했다.

하지만 제약회사는 그것과는 전혀 달랐다. 인수한 유광제약도 별다른 약품특허가 없었다. 그럼에도 사람들은 기대에 차 있었다. 발전 중인 군수 계열이나 기기개발 단계인 통신 계열사가 있었기 때문이다.

"이거… 사람들이 너무 기대하네요."

미국에서 돌아온 차준혁은 뉴스를 보며 괜한 뒷머리만 긁적였다.

"대표님께서 그렇게 만들었잖아요."

"그건 신 비서의 말이 맞네. 여유가 생길 만하면 일을 만들어대니… 이거 쉴 틈이 있겠나."

"저도 동감입니다."

옆에는 신지연과 구정욱, 지경원이 함께 있었다.

"목적을 위해 진행시키다보니 어쩔 수 없었다고요."

"하지만 세인트메디슨과 신약공동개발을 제안하다니… 자네도 정말 간이 부은 건지, 겁이 없는 건지."

"맞습니다. 아무리 우리 회사가 계속 성장 중에 있다지만 굉장히 무모한 제안이었습니다."

구정욱이나 지경원은 세인트메디슨의 비리를 까발리는 계획만 알고 있었다. 그런데 거기서 더 나아가 신약개발까지 제안할 줄은 꿈에도 생각하지 못했다. 어찌 보면 세인트메디슨에게 병 주고 약 주는 모습 같았다.

"세인트메디슨에서는 신약을 개발하는 데 마지막 임상 실험과 이미지 개선이 필요했으니까요. 비등한 경쟁사가 그런 제안을 할 일도 없으니 성공할 거라 생각했습니다."

"정말 상식을 벗어나는군. 무모해도 너무 무모해. 만약 자네가 처음부터 사업가였다면 무서워서 손잡기가 곤란했겠어."

지금까지 차준혁은 하는 일마다 불가능을 성공으로 바꿔 나갔다. 다만 그 과정에서 무리수가 많았다.

물론 출처불문의 정보가 있었다고 하지만 주식이나 부동산에 투자했던 금액부터가 남달랐기 때문이다.

자칫 하나라도 실수가 있었다간 모이라이를 기업으로 제대로 세우기도 전에 파산날 수도 있었다.

"지금까지 잘 따라와주시고 왜 딴소리이십니까?"

다들 너무 정색하자 차준혁은 처음으로 당황하며 그들에게 되물었다. 그러자 구정욱은 그윽한 미소를 지어 보이더니 다시 입을 열었다.

"하하하! 농담일세! 그보다 해명에서는 박원준의 사건을 최대한 덮고 해결하려는 것 같던데. 혹시 이번에 뜬 뉴스를 보았나?"

"김서윤에 대해서 말입니까?"

경제 1면은 모이라이의 제약회사 인수, 연예 1면은 배우 김서윤의 은밀한 스캔들로 떠들썩했다.

연애설이라면 크게 문제가 없었다. 그런데 연애설과 더불어 정사 장면이 찍힌 사진이 돌아 문제가 되었다.

"타이밍이 너무 절묘해서 말일세."

"구 상무님께서 느끼신 대로 해명그룹에서 한 짓일 겁니다."

"허허… 박원준의 사건 때문에 말인가?"

사건은 사건으로 덮는다.

힘이 있는 대기업이라면 손쉽게 쓸 수 있는 방법 중에 하나였다.

국민들은 언론에 쉽게 휘둘린다.

해명그룹은 지금과 같은 방법으로 박원준 사건을 뒤로 감춘 뒤에 조용히 마무리 지을 생각일 것이다.

"박원준은 어차피 용의자 선상에서 빠졌던 것뿐이라 재심으로 실형을 면치 못할 겁니다. 하지만 조용히 덮게 둬선 안 되죠."

"방법이 있겠는가?"

박원준 사건의 피해자는 바로 구정욱 상무의 딸 구혜원이었다. 당연히 범인인 박원준이 좋은 모습으로 재판받길 원하지 않았다.

"저쪽이 언론이라면 저희는 네티즌을 쓰면 되죠."

"네티즌?"

"혹시 NCSI라는 말을 아십니까?"

모두가 고개만 갸웃거릴 뿐이었다.

"CIA나 CIA는 들어봤네만."

구정욱은 국정원 출신이기에 미국과 관련된 수사기관들부터 떠올렸다.

"미국 드라마 아닌가요?"

반면 신지연은 잘 몰라서 비슷한 이름의 드라마를 중얼

거렸다.

'하긴. 스마트폰이 아직 출시되지 않았으니 모르는 말이
겠지.'

NCSI는 네티즌(Netizen)과 미국의 수사 드라마 제목을
합성한 단어였다. 스마트폰이 보급화되면서 인터넷의 활
용성이 높아지고, 소셜 네트워크까지 구축되어 사람들이
독자적으로 사건을 조사하는 것이다.

"공공수사기관이 아니라 인터넷을 하는 사람들이 개인
적으로 수사하는 걸 뜻합니다."

"그런 말이 있었나? 하지만 어떻게?"

"저는 모르는 말이에요."

"아무튼 지켜보시면 알 겁니다."

대한민국은 어떤 나라보다 빠른 인터넷이 보급화된 나라
였다. 아직 스마트폰이 출시되기 전이었지만 웬만한 사람
이면 인터넷을 사용할 수 있었다.

거기다 호기심 또한 누구보다 풍부했다. 특히 의심스런
사실이 발견되면 누구나 의문을 가지기 시작하면서 일파
만파 퍼져 나갔다.

[해명그룹 막내 박원준은 완전 개차반. 도피 가능성이 적

다고 불구속 수사하더니 클럽에서 목격. 돈 펑펑 쓰면서 술 마시고 있었음.]

[박원준이 성추행하는 장면 목격. 여자가 분명히 불쾌해하는데 계속 만졌어요. 이거 강간살인이라고 들었는데 불구속 수사? 말이 됩니까?]

[박원준하고 예전에 술을 같이 마셔본 적이 있어요. 정말 저질 중에 저질. King of 저질. 얼굴도 좀 생기고 돈만 많을 뿐이지 그게 전부예요. 사귀고 싶은 생각은 제로! 이런 인간이 사람까지 죽였는데 재판은 어떻게 되어 가고 있나요?]

해명그룹은 김서윤의 당혹스런 스캔들을 빌미로 박원준부터 불구속수사로 일단 빼냈다. 그래도 아들 중 하나였으니 신경을 써준 처사였다. 물론 재판을 무마시키기는 힘들었지만 흔적과 말이라도 맞춰 그룹의 개입 사실을 최대한 무마시키기 위한 것도 있었다.

하지만 인터넷상에서 불구속수사 중인 박원준에 행태에 대해 불거지자 또다시 논란이 일어났다.

쾅—!

"대체 이것들은 전부 뭔가!"

박해명은 일파만파 퍼지기 시작한 박원준의 이야기를 보고 분노를 금치 못했다. 비서실장인 서준성은 그의 옆으로

서서 조심스럽게 말을 꺼냈다.

"어디서 시작되었는지는 모르겠습니다. 일단 해당 사이트 관리자를 압박해서 최대한 내리고는 있지만… 계속해서 올라오고 있습니다."

인터넷에 오른 구설수는 바퀴벌레와 같았다. 초장에 박멸하지 못하면 계속해서 불어나 모조리 잡을 수 없었다.

"원준이 그 녀석은 조용히 집구석에나 처박혀 있을 것이지……!"

"이대로라면 검찰 쪽에서 불구속수사를 철회할지도 모르겠습니다."

"그 녀석이 말을 알아들은 것 같던가?"

"워낙 마음대로 하는 성격인지라… 모르겠습니다."

"그런 자식이 어떻게 태어났는지… 만약 검찰 쪽에서 불구속수사를 철회한다면 보내주게. 녀석도 생각이 있다면 알아서 하겠지."

"다시 만나서 교육시켜두긴 하겠습니다."

서준성은 자리에서 물러났다. 그리고 해명그룹의 본사를 나와 박원준이 근신 중인 박해명의 자택으로 향했다.

자택에 도착한 서준성은 마당으로 들어섰다.

그때 현관문이 열리더니 모자를 깊게 눌러쓴 파란색 유니폼 차림의 사내가 걸어 나왔다.

"응…? 잠시만 기다리시죠."

"예?"

"무슨 일로 오셨습니까?"

인터넷이 떠들썩한 것 때문에 자택의 외부인 출입을 자제시키라 부탁했기 때문이다.

"인터넷 고치러 왔는데요?"

"신분증을 볼 수 있을까요?"

그 대답에 사내는 얼떨떨해하면서 입을 뗐다.

"무슨 일로 그러십니까? 경찰이라도 되십니까?"

사내의 언성이 높아지자 마당을 지나가던 가사도우미 아주머니가 다가왔다.

"무슨 일이래요?"

"아주머니. 이 사람이 인터넷을 고치러 왔다고 하던데. 제가 외부인 출입은 막아 달라고 하지 않았습니까."

"저도 알죠. 그런데 원준 도련님께서 인터넷이 안 된다고 성화를 부리셔서요."

박원준의 이름이 나오자 서준성은 인상을 쓰며 사내에게 시선을 옮겼다.

"일단 신분증부터 보여주시죠."

"당신이 경찰입니까? 왜 남의 신분증을 보여 달래?"

"아저씨! 그냥 보여줘요! 괜히 낭패 보지 말고."

아주머니는 사내의 등짝을 치며 괜한 시비를 말렸다.

"참나! 여기 있습니다! 됐죠!"

결국 사내는 서준성에게 자신의 신분증을 보여주며 짜증을 냈다.

"사진 좀 찍겠습니다."

이에 서준성은 핸드폰으로 그의 신분증을 찍더니 다시 건네주었다.

사내는 신분증을 받더니 터덜터덜 현관을 나섰다.

"아주머니. 다시 말씀드리지만 외부인은 출입시키지 마세요. 이건 제 지시가 아니라 회장님의 지시입니다."

"알았어요. 하지만 도련님께서……."

망나니 중에 망나니인 박원준 때문일 것이다.

서준성도 알기에 한숨을 내쉬며 다시 저택 안으로 걸음을 옮겼다. 그리고 거실로 들어서서 고개부터 숙였다.

"사모님. 오랜만에 뵙습니다."

거실에 앉아 있던 사람은 해명그룹의 안주인 오명숙이었다. 그녀는 서준성을 날카로운 눈매로 쳐다봤다.

"밖이 소란스럽던데. 무슨 일인가요?"

"인터넷 수리기사를 봤습니다. 외부인은 들이지 말라고 부탁드렸던 것으로 기억합니다."

"고작 그걸로 시끄러워요? 쓸데없는 데 신경 쓰지 말고. 원준이 일로 온 건가요?"

오명숙이 화제를 돌리자 서준성은 조용히 대답했다.

"그렇습니다."

"참나… 고작 계집애 하나 죽은 것 가지고 이런 호들갑이라니."

인터넷을 확인한 오명숙도 현재 상황을 잘 알았다.

그러나 오히려 귀찮다는 듯이 반응했다.

"일단 도련님께서 이번 상황을 겸허하게 받아들이셔야 그룹에 피해가 없을 겁니다."

"회장님께서도 그렇게 말씀하시던가요?"

박해명과 달리 그녀는 박원준을 어떤 아들보다도 아꼈다. 당연히 범죄자로 만들고 싶어 하지 않았다.

그래서 구혜원이 죽은 사건 때도 박해명이 아닌 오명숙이 관여하여 무마시켰던 것이다.

"예. 그렇습니다."

"어이가 없네요. 재준이나 송준이는 그렇게나 아끼면서 원준이만 이렇게 취급하다니."

"저번에 말씀드린 대로 원준 도련님께서 혼자 한 것으로 해야 합니다. 물론 관계자들도 처벌해야 하겠지만 그룹에서는 그게 최선입니다."

박원준에게 그룹의 직함이 있는 것은 아니었다. 그래도 해명그룹 일가 중에 한 사람이기에 웬 만큼의 권력은 있었다.

서준성은 그 부분만 강조하여 구혜원 강간살인 사건의

무마를 박원준에게 집중시킬 계획이었다.

"……."

오명숙은 말을 잇지 못했다.

"저는 올라가보겠습니다."

저벅. 저벅.

대답을 들었다고 친 서준성은 그대로 2층으로 올라가 박원준의 방문을 두드렸다.

"서준성입니다. 들어가겠습니다."

문이 열리자 난장판이 된 방 가운데에서 박원준이 시끄럽게 음악을 들으며 누워 있었다.

뚝.

이에 서준성은 음악을 꺼버렸다.

"뭐야?"

"지난번에 말씀드렸던 설명을 다시 드리려고 방문했습니다."

"나보고 모조리 뒤집어쓰라고 했던 그 말?"

박원준은 여전히 누운 채로 짜증이 가득한 표정만 지어보였다.

"그룹을 위해서입니다."

"미친! 엄마가 다 해준 일이잖아! 그런데 내가 왜!!"

"방금 전에 말씀드린 대로입니다. 만약 그렇게 하지 않으시면 후일에 원준 도련님께 분배될 유산은 보장할 수 없다고 하셨습니다."

　나중에 박해명 회장이 사망하면 어마어마한 유산은 아내와 아들들에게 돌아간다. 당연히 그에 합당한 유서도 미리 작성된 상태였다. 그것을 조건으로 내밀자 박원준의 표정은 더욱 구겨질 수밖에 없었다.

　"아빠도 참 치사하지. 그딴 걸로 협박을 해?"

　"시간이 짧지는 않겠지만 조용히 지내다가 나오시랍니다. 그리고 상황이 좀 진정되면 저희 쪽에서도 도움을 드릴 겁니다."

　"돌아버리겠네!"

　서준성은 전에도 했던 설명들을 다시 이어 나갔다.

　며칠 후, 어떻게 된 일인지 서준성과 박원준의 대화 내용이 인터넷으로 퍼졌다.

　―…뭐야?

　―지난번에 말씀드렸던 설명을 다시 드리려고 방문했습니다.

　―나보고 모조리 뒤집어쓰라고 했던 그 말?

　―그룹을 위해서입니다.

　―미친! 엄마가 다 해준 일이잖아. 그런데 내가 왜!!

내용은 거기서 끝이 아니었다.

서준성이 박원준에게 일러준 이번 사건에 대한 조언들까지 모조리 들어 있었다. 이에 당사자인 서준성은 자신의 사무실에 앉아 그것을 듣고 있던 중이었다. 그리고 곧장 그룹 홍보팀으로 전화를 걸었다.

"당장 음성파일부터 정리해! 절대로 더 이상 퍼져서는 안 돼!"

상대방의 대답도 나오기 전에 전화는 끊겼다.

"후우… 후우……."

박원준은 인터넷 소동으로 인해 이미 검찰에서 구속수사를 시작한 상태였다. 그런데 중요한 대화 내용이 유출되었으니 검찰도 알았을 것이 분명했다.

"대체 어떻게……."

머릿속에서 상황을 정리하던 서준성은 현관에서 마주쳤던 기사를 떠올렸다.

"맞아! 그 녀석!"

그는 핸드폰을 뒤져 찍어 놓았던 신분증 사진부터 찾았다. 당일에는 오명숙과 박원준의 행동에 정신이 없어 미처 확인해보지 못했기 때문이다.

서준성은 곧바로 친분이 있는 경찰청 사람에게 전화를 걸었다. 그리고 찍어 놓은 신분증의 이름과 번호를 말해주고 신원확인을 요청했다.

"윤봉진. 750503—1XXXXXX. 최대한 빠르게 부탁합니다."

서준성은 조마조마해하며 답변을 기다렸다.

잠시 시간이 지나고, 핸드폰의 진동이 울려댔다.

우우웅! 우우웅!

"알아냈습니까?"

—그렇습니다. 이름은 윤봉진. 전과는 없고, 주소는 서울시 노원구 상계동 1115—23. 현재 명의로 등록된 번호는 016—XXX—XXXX입니다.

"알겠습니다."

서준성은 방금 전 확인한 핸드폰 번호로 전화를 걸었다.

뚜루루루루. 뚜루루루.

이내 상대방의 목소리가 들렸다.

—그린넷 서비스기사 윤봉진입니다.

"……."

—여보세요?

도청장치를 설치한 사람이라면 전화를 받지 않았어야 했다. 그 사실을 깨달은 서준성은 본사 보안팀을 호출해 박해명의 자택으로 곧장 출발했다.

우우웅! 우우웅!

그때 핸드폰이 울리더니 액정에 박해명 회장의 이름이

떴다. 인터넷에 퍼진 대화 내용 때문일 것이다.

"전화 바꿨습니다."

—자네! 지금 어디에 있나!

"원준 도련님 방에 도청기가 설치되어 있던 것 같습니다. 지금 사실 여부를 조사 중이니 마치는 대로 보고드리겠습니다."

—크음! 최대한 빨리 알아보게! 그리고 뿌려진 출처도 말이야!

성난 박해명과의 전화는 그렇게 끊겼다.

서준성은 보안팀과 같이 박해명의 저택에 도착했다.

사람들이 우르르 안으로 들어가자 깜짝 놀란 오명숙이 눈을 깜박이며 서준성을 쳐다봤다.

"무슨 일이죠?"

"급하게 조사할 일이 있습니다."

다들 2층 박원준의 방으로 들어가 도청기 감지설비를 꺼내 방 안 구석구석을 확인했다.

띠… 띠……!

잔잔한 신호음만 방 안을 가득 채웠다.

"실장님."

시간이 좀 더 지나자 보안요원 중 책임자가 다가왔다.

"찾았나?"

"그게 아니라… 이곳에는 도청기가 설치되어 있지 않습니다."

"뭐? 그럴 리가 없어!"

"저희 장비는 최신형이기에 대부분의 도청기를 찾아낼 수 있습니다. 그리고 전자기기로 감지되기 힘든 유선형이라면 전력공급에 접합되어 있어야 하는데 그것도 아닙니다."

도청기는 소리만 녹음하는 것이 아니라 송신을 위해 대부분이 FM무전주파수가 사용된다. 도청기 탐지기는 그런 주파수를 찾아내기 때문에 99% 이상 감지되었다.

보안요원들이 여전히 확인하고 있지만 찾아낸 도청기가 없었다.

"그럼 어떻게 도청했단 말인가!"

"저희도 그건 모르겠습니다."

보안요원도 도통 모르겠다는 표정이었다.

"혹시… 그 인터넷 기사가 위장인 건가?"

서준성은 설마하며 그쪽으로도 보안요원들을 보냈다.

그리고 그들의 연락을 기다리며 다시 도청기를 찾아보라며 소리를 질렀다.

잠시간 후, 서준성의 핸드폰이 울렸다.

"대화 내용을 뿌린 출처는 확인해봤나?"

해명그룹의 홍보팀이었다. 명색은 그랬지만 실상 그룹

과 관련된 기사나 불리한 진실들을 숨기기 위한 부서였다. 정보추적도 담당하고 있기에 서준성도 지시를 미리 내려놓았다.

—유포한 사람들은 자신이 그걸 올린 것도 전혀 모르고 있었습니다. 확인해보니 컴퓨터를 원격조종 방식으로 해킹당한 흔적이 있더군요.

"그럼 그 흔적도 추적해보았겠지?"

서준성은 드디어 꼬리를 잡았다고 생각하며 홍보팀장의 대답을 기다렸다.

—해외서버를 30개도 넘게 경유했습니다. 지금도 추적 중인데… 방금 전에 같은 서버가 겹치는 것으로 보아 모두 더미 같습니다.

경유된 서버 전부가 더미라는 의미였다.

"그럼 추적이 더 이상 불가능하다는 건가?"

—현재 상태로는 그렇습니다.

도청 내용을 유포한 사람은 다름 아닌 모이라이의 이지후였다. 당연히 추적당할 만한 흔적은 절대로 남기지 않았다. 오히려 페이크용 흔적을 남겨 그들의 쓸데없는 움직임까지 유도하여 만들었다.

"젠장! 더미든, 뭐든 계속 찾아봐!"

다시 소리친 서준성은 아까보다 거칠어진 숨을 몰아쉬었다.

그사이, 박원준의 방 창문 너머로 전봇대가 하나 보였다.

전봇대에는 뭔가를 수리 중인 두 남자가 크레인 위에 올라가 있었다. 그들은 묘하게 생긴 기계를 들고 박원준의 방 창문을 겨누고 있었다.

"이제 철수하자."

"다 된 거야?"

두 사내는 IIS감시팀 소속인 고재성과 오봉원이었다.

"정말 신기하단 말이야. 어떻게 도청이 되는 거지?"

"레이저 도청장치라고 교육받았잖아."

서준성과 박원준의 대화 내용을 도청한 것은 일반적인 도청기가 아니었다. 차준혁이 다른 군수장비처럼 몇 년이나 당겨서 개발한 레이저 도청장치였다.

레이저 도청장치는 창문으로 쏴 진동을 통해 건너편 대상의 목소리가 도청되었다.

지금까지 두 사람은 전기수리공으로 위장해 박해명 회장의 자택을 감시했다. 그러다 서준성과 박원준의 대화를 도청하고 그 내용을 본부로 넘긴 것이다.

"아무튼 일단 돌아가자고."

두 사람은 장비들을 챙겨 아무런 흔적도 남기지 않고 박해명의 집 앞을 떠났다.

여론은 방송까지 탄 서준성과 박원준의 대화 내용으로 난리가 났다.

박원준은 그러한 여론 압박으로 불구속수사를 해제시킨 검찰청 안에서 곤혹을 치렀다. 물론 도청된 내용은 법적인 증거가 될 수 없었다.

하지만 검찰에게만은 충분한 가능성을 제시해줬다.

예전에 차준혁이 소속된 지방경찰청 사건을 주로 맡았던 유태진 검사가 담당이었다. 천성건설 사건 때에도 앞장서서 나섰기에 이번에도 자격은 충분했다.

"똑바로 말씀하세요! 당시에 사건을 박원준 씨가 혼자서 무마시켰다는 겁니까? 아닙니까?"

유태진 검사는 시선을 내리깐 박원준에게 조곤조곤한 목소리로 물었다. 대답은 들려오지 않았다.

잠시 동안 두 사람의 숨소리가 취조실을 가득 채웠다.

"사실만 인정하고 입만 다문다면 전부 될 줄로 아나본데… 그건 큰 오산입니다."

"……."

대화 내용이 터지기 전에 박원준은 모든 범죄를 자신이 계획하고 실행한 것이라는 자백만 툭 던졌다.

그 이후로 입을 꾹 다문 채 열지 않았다.

"우리가 아무것도 없이 박원준 씨를 이렇게 앉혀 놓기만
할 것 같습니까?"

유태진은 봉투에서 몇 가지 서류들을 꺼내 내밀었다.

서류에는 구혜원 강간살인 사건 당시에 자금유동이 기록
되어 있었다.

"보시면 아시겠지만 당시 사건을 담당했던 형사와 검사
에게 거액이 흘러들어갔습니다."

"……."

입을 꾹 다문 박원준은 여전히 고개를 숙였다.

"거기다 당시 범인으로 실형을 선고받은 두 명에게도 돈
이 입금됐더군요. 그것도 한 사람당 3억씩이나 말입니다.
영치금치고는 너무 많은 것 아닌가요?"

두 사람이 박원준을 제외하고 죄를 뒤집어쓰는 조건으로
받은 돈이었다. 애초에 담당형사부터 검사까지 뇌물을 받
아먹었으니 조사가 되지 않은 것이다.

그 사실이 드러나자 조용히 있던 박원준의 눈동자가 크
게 흔들렸다.

"아시는 내용 아닙니까? 말씀해보세요. 혼자서 사건을
무마시키려 했다면 이 자금을 입금해준 것은 박원준 씨가
맞지 않습니까."

박원준은 박해명의 유산 협박과 서준성과의 설득으로 일
단 죄부터 뒤집어쓰려 했다. 그러다 대략적으로 아는 내용

이 나오자 천천히 입을 열었다.

"그건 맞아요."

건성으로 들리는 대답이었다.

"공범인 두 사람과 담당 형사과 검사. 그 외에 돈을 준 사람이 있습니까?"

"없는데요."

이번에도 아는 질문이었기에 박원준은 무리 없이 대답할 수 있었다.

"이상하네요. 당시 사건은 증언한 사람에게도 마찬가지고, 검시와 증거분석을 맡았던 담당자들에게도 돈이 들어갔는데 말이죠."

한둘이 아니었다. 사건을 조작하기 위해 관계된 모든 이들에게 돈을 뿌려대다시피 건네주었다.

긴장하던 박원준은 질문이 틀어지자 다시 입을 다물고 눈치부터 보았다.

"거기다 자금을 추적해보니 GH케피탈이라는 회사가 출처이던데… 아시는 곳이겠죠?"

"엄마가 용돈 안 줄 때마다 꺼내 쓰는 곳이요."

다시 대답이 이어졌다. 박원준도 심문을 빨리 끝내고 싶었기에 아는 질문이 나올 때마다 대답했다.

"사금융이던데… 이자가 상당하시겠습니다."

"그건 좀… 뭐 엄마가 대신 내주니까요."

"거짓말하지 마세요!"

갑자기 유태진의 언성이 높아졌다. 이마에 핏대가 가득 잡힌 것으로 보아 그가 짜증났다는 것을 알 수 있었다.

"GH케피탈은 대부업체를 가장한 자금 세탁기입니다. 그 원주인은 당신의 모친인 오명숙 씨라는 것이 명백하게 드러났습니다."

"아니요. 뭔가 잘못 알고 계신 것 같은데요."

박원준은 서준성을 통해 박해명 회장이 다른 가족을 끌어들였다간 유산이 없다고 했다. 교도소에 들어가도 상황이 괜찮아지면 빼준다고 했으니 지금은 시키는 대로 해야 했다.

"뭐가 아닙니까. GH케피탈의 대표 민성국 씨의 계좌에서 오명숙 씨의 계좌로 매달 10억씩 흘러들어간 정황까지 확실하게 있습니다."

유태진의 대답은 거기서 그치지 않았다.

"거기다 최근에는 만남까지 가졌더군요."

사진까지 펼쳐지면서 민성국과 오명숙이 관계가 있다는 것이 명확해졌다. 거기까지는 박원준도 교육받았던 것 이외였기에 마땅한 대답을 떠올리지 못했다.

"저는 모르는 일인데요."

"계속 부정해보시죠. 어차피 오명숙 씨에 대한 체포영장도 떨어진 상태입니다."

박원준은 지금 코앞에 닥친 상황이 어떤지를 자세히 몰
랐다. 그런데 오명숙에 대한 말이 나오자 심각해지면서 유
태진을 쳐다봤다.

"엄마한테요?"

"탈세, 뇌물수수 증거는 모두 나왔으니 절대로 빠져나갈
수 없을 겁니다. 물론 박원준 씨는 살인강간으로 실형을
피해갈 수 없겠고요."

"……."

서준성의 말로는 검찰에서 당시 사건 증거 외에는 아무
것도 준비한 것이 없다고 했다. 그런데 지금 상황만 보면
해명그룹을 저격하기 위해 오랫동안 준비해 온 것 같았다.
눈앞에 놓인 오명숙과 민성국의 사진만 봐도 그랬다.

[검찰은 해명그룹 오명숙 씨에 대해 체포영장을 발부해
서울지검에서 조사를 시작한다고 발표했습니다. 혐의는
박원준 강간살인 사건에 대한 범죄 사실 은폐 및 조작으
로, GH케피탈이라는 사금융을 이용한 탈세와 사채이자
운영이라고 전했습니다. 그 밖에 재판이 진행될 박원준 강
간살인 사건에 대해서도 검찰은 일전에 관계된 담당자들
에 대한 엄중한 처벌이 진행될 것이라 전했습니다.]

불신을 상쇄시키는 신뢰(信賴)

김정구는 자택에서 홍주원에게 중요한 보고를 받았다.

"차준혁이 세인트메디슨에 접근했단 말인가?"

차준혁의 대외적인 행보는 숨기려 해도 숨기기가 힘들었다. 당연히 세인트메디슨컴퍼니의 본사를 방문한 사실도 천익에 흘러들어갈 수밖에 없었다.

"노면 회장을 직접 만났다고 합니다. 지금까지 수집된 정보를 보면 이번에 중단한 종합백신을 공동개발로 진행하려는 것 같습니다."

"하하하하!"

그 대답과 동시에 김정구는 크게 웃었다.

그 웃음은 거실을 쩌렁쩌렁 울리며 1분 정도 지나서야 잦아들었다.

"하… 우리가 버린 패를 잡겠다 이건가?"

"임상실험은 거의 마쳤던 종합백신입니다. 물론 불법임상실험으로 신뢰는 바닥이지요. 상황대로라면 노먼 회장을 노린 파벌에게 좋은 먹잇감이 될 것이라 생각됩니다."

현재 천익은 길버트를 버리고 다른 파벌의 임원과 접촉한 상태였다. 물론 쉽지는 않았다. 자신들의 계획과 적합한 프로젝트 라인을 보유한 임원을 찾아야 했고, 지금까지 투자했던 만큼 자금까지 투입되었다.

"제대로 지뢰를 밟은 것이군. 자네가 생각하기에 그 프로젝트의 성공률은 어떤가? 가능성이 있겠나?"

의미심장한 질문에 홍주원은 여러 가지 상황들을 떠올리며 대답했다.

"지금까지 어떤 사업이든 성공해 온 모이라이라도 이번은 불가능합니다."

"왜지? 혹시 모르지 않은가."

"차준혁은 처음부터 노먼 회장 측의 대주주들만 만나 길버트의 일을 수습했습니다. 그렇다는 것은 이미 같은 배를 탔단 의미지요."

솔직히 천익에게는 노먼 회장이 방해가 되었다.

길버트를 통해 계획이 진행될 때도 시시콜콜 승인을 뒤

로 미뤘다. 물론 노먼 회장의 입장에서는 범죄 사실을 알았으니 최대한 시간을 끌었다.

그런 노먼 회장이 지금은 고립 상태였다.

첫 위기는 넘겼지만 길버트의 사건처럼 또다시 실책이 있을 시에는 현재 지위를 잃게 될 것이다.

천익에게 있어서 절호의 기회일 수밖에 없었다.

"우리가 손을 쓸 방법은 있겠나?"

"지난 사건으로 미국 정부에서도 촉각을 곤두세우고 있습니다. 괜히 나섰다가 흔적을 남기기보다는 그냥 뒤도 괜찮지 않을까 싶습니다."

두 사람은 모이라이가 침몰할 배에 올라탔다고 여겼다.

"흠… 아무튼 MR제약이라고 했던가… 상황이 어떻게 진행되는지 잘 지켜보도록."

"알겠습니다. 어르신."

홍주원을 그렇게 대답을 하고서 자리를 벗어났다.

차준혁은 신지연과 함께 MR제약으로 바뀐 유광제약 건물로 들어섰다. 옆에는 구정욱과 주경수가 함께였다. 그들이 다가서자 저번처럼 MR제약의 김송우 사장과 임원들이 우르르 나왔다.

부담스런 상황에 차준혁의 발걸음이 멈췄다.

"김 사장님. 저번에도 말씀드리지 않았습니까."

"죄송합니다. 그래도 본사 대표님께서 첫 방문하시는 것이라…….."

어찌 보면 현 MR제약의 사장과 임원진을 비롯해 모든 직원들에게는 모이라이가 구원의 빛줄기였을 것이다.

"저는 괜찮으니 이만 들어가시죠."

다들 차준혁의 뒤를 졸졸 따라와 연구실이 있는 층으로 들어섰다. 의도치 않게 MR제약을 시찰하는 분위기처럼 느껴졌다.

"저기… 이렇게 다녀야 합니까?"

앞장서서 걷던 차준혁이 걸음을 멈추고 물었다.

"…예?"

뒤에서 구정욱과 같이 서 있던 김송우 사장이 놀라 되물었다.

"저는 시찰을 나온 것이 아니라, 지난번에 구 상무님께서 의뢰했던 약품의 결과를 들으러 온 것입니다. 그러니 각자 일을 하러 가시는 것이 어떨까 하는데요."

MR제약의 신약공동개발 준비는 문제없이 진행되었다. 차준혁은 방금 전에 한 말처럼 약품분석에 대한 결과를 확인하러 온 것뿐이었다.

"아… 죄송합니다. 다들 해산하도록 하지."

김송우 사장의 말에 임원들이 조용히 흩어졌다.

"사장님은 안 바쁘십니까?"

다들 자신의 자리로 돌아갔음에도 김송우 사장만은 옆에 여전히 서 있었다.

"저는 대표님을 계속 지켜보고 싶습니다."

김송우 사장은 유광제약이 부도나기 직전까지 몰고 간 자신의 경영부진을 자책했다. 때문에 자신보다 20살이나 더 어린 차준혁을 지켜보며 배우고 싶었다.

"알겠습니다. 아무튼 결과를 확인하러 가시죠."

그들은 제1연구실로 들어섰다. 저번과 마찬가지로 분주하게 움직이던 연구원들은 움직임을 멈췄다.

"정말 차준혁 대표?"

"진짜야?"

"하아… 진짜 우리 회사에… 대박!"

연구원들은 멈춰 선 채로 차준혁을 보고 중얼거렸다.

"반갑습니다. 차준혁이라고 합니다."

모두들 연예인을 본 듯이 우르를 몰려들었다. 그러나 긴장되어서인지 인사를 받아주지 못하고 우물쭈물했다.

"앞으로 MR제약과 모이라이의 사활을 건 프로젝트를 진행하게 될 것입니다. 그러니 다들 필요한 장비나 사항이 있으시면 무엇이든 말씀하세요."

차준혁의 말에 연구원들이 술렁였다.

약품을 개발하는 데 필요한 장비들은 수천만 원부터 시작해 수억 원까지 상당한 고가이기 때문이다.

"이번에 나온 FD2L도 가능합니까?"

한 연구원이 조심스럽게 말을 꺼냈다.

차준혁은 미소 지어 보였다.

"가격은 신경 쓰지 마시고 신청하세요. 김송우 사장님께서는 직원을 시켜 어떤 요청이든 받아주시고요."

"전부… 말입니까?"

원래 유광제약이었던 연구실의 장비들은 상당히 오래된 장비들이었다. 요청을 받아준다면 한두 개가 아닐 테니 금액도 엄청날 것이 분명했다.

얼마 전까지 경영부진으로 자금난에 시달렸던 김송우에게는 난감한 업무일 수밖에 없었다.

"아직 발표되기 전이지만 MR제약은 세인트메디슨과 신약공동개발 프로젝트를 진행할 것입니다. 연구원 분들은 최선을 다해주셔야 합니다."

"세인트메디슨?"

"미국의 그 세인트메디슨 말이야?"

대답과 함께 연구원들은 아까보다 술렁였다. 동시에 장비 요청으로 걱정하던 김송우도 깜짝 놀라 물었다.

"대표님! 그게 정말입니까?!"

"정말입니다. 그러니 개의치 마시고 어떤 요청이든 받아

서 본사로 올려주세요. 모든 비용은 저희 쪽에서 처리해드리겠습니다."

"아, 알겠습니다."

여전히 믿겨지지 않던 김송우는 말까지 더듬었다.

"그리고 조제윤 연구실장님은 어디 계십니까?"

차준혁의 물음이 이어지자 수군거리던 연구원들이 주변을 둘러봤다. 유일하게 조제윤의 모습만 보이지 않았다.

처음에 장비 이름을 외쳤던 연구원이 알고 있는지 손을 들며 말했다.

"점심시간까지는 약품분석실에 있는 걸 봤습니다."

"아직도 약품분석이 끝나지 않았나요?"

약환을 맡긴 지 1주일이 지나가고 있었다.

이미 결과가 나오고서도 남을 기간이었다.

"그럼 약품분석실로 가보죠. 다들 하시던 일을 마저 하시면 됩니다. 그리고 필요한 사항은 따로 적어서 필히 제출해주세요."

차준혁은 그렇게 말하고 자리를 옮겼다.

약품분석실은 연구실에서 멀지 않았다.

금방 도착해 문을 두드리며 대답을 기다렸다.

하지만 아무런 반응이 없었다.

'자리를 비운 건가?'

차준혁은 문 옆에 창문으로 내부를 들여다보았다.

그런데 안쪽에 한 사람이 쓰러져 있었다.

"사람이 쓰러져 있습니다! 빨리 문을 열어주세요!"

제약회사의 약품분석실은 보안이 철저하여 잠금장치가 달려 있었다.

때문에 차준혁은 다급한 목소리로 외쳤다.

"자, 잠시만 기다리십시오!"

비밀번호는 연구원만이 알고 있었다.

때문에 주경수도 같이 움직여 연구실로 향했다.

"젠장!"

안에 쓰러진 사람의 숨소리가 희미해졌다.

다른 사람은 몰랐지만 기감이 예민해진 차준혁만은 알 수 있었다.

쾅!

더욱 급해진 차준혁은 뒤로 물러나 문의 잠금장치 연결부를 향해 걸어찼다.

"대표님! 사람을 기다리세요! 그러시다가 다칠 수도 있어요!"

"맞습니다!"

신지연과 구정욱이 그를 말리려 했다.

"안에 쓰러진 사람이 위험합니다!"

쾅—! 쾅—!

몇 번을 더 걸어차자 철문의 장금장치가 뜯겨 나갔다.

인간이라고 보기에는 힘들 정도의 엄청난 힘이었다.

안에 쓰러진 사내는 조제윤 연구실장이었다.

차준혁은 쓰러진 조제윤의 맥박부터 확인했다.

두근… 두근…….

방금 전에 들었던 것보다 더욱 희미해지고 있었다.

"빨리 구급차! 아니, 차를 준비시키세요!"

그 말과 함께 차준혁은 조제윤을 엎고 달렸다.

현관 앞에차 준혁이 방금 전에 타고 온 차가 대기 중이었다. 그대로 사람들은 차로 올라타 출발했다.

한바탕 소동이 일어나자 연구원들은 현관까지 나와 웅성거렸다.

조제윤은 인근 병원 응급실로 옮겨졌다.

"심장을 수술한 흔적이 있더군요. 기록을 보니 선천성 심장판막증후군을 앓고 있었던데… 다행히 위험해지기 전에 조치할 수 있었습니다."

담당의사는 검사 결과를 보다가 수액을 주입 중인 조제윤을 쳐다봤다.

"그런데… 노숙자입니까?"

지금 조제윤이 입고 있는 가운이 하도 꼬질꼬질해서 상당히 더워진 상태였다. 거기다 언제 씻은 것인지 머리도 기름졌고, 얼굴까지 지저분했다.

"그럼 이제 심장은 괜찮은 겁니까?"

"예? 아, 괜찮습니다. 조금만 늦었어도 위험했는데 빨리 데려와주신 덕분입니다."

차준혁은 그의 대답을 들으며 의문을 가졌다.

"아직도 심장이 안 좋은 건가요?"

"그건 아닙니다. 상태를 보니 꽤 장기간 과로에 수면부족, 영양실조까지 겹친 듯합니다. 그로 인해 심장에 무리가 왔던 것으로 예상됩니다."

"설마 그때부터 계속 약품분석을 한 건가?"

병원까지 같이 온 김송우가 짐작 가는 것이 있는지 조용히 중얼거렸다.

"그때부터라뇨?"

"구 상무님에게 약환을 받아 건네줬을 때부터 말입니다. 이 친구가 워낙 분석하는 걸 좋아해서요. 예전에도 비슷한 경우가 있었습니다."

쉽게 말하면 약에 대해 광적으로 좋아한다는 의미였다.

어찌 보면 바보 같을 수도 있지만 천재로 불리는 만큼 집중력도 대단했다.

"아무튼 필요한 조치는 모두 끝냈으니 수액만 다 맞으시고 퇴원하시면 됩니다."

의사는 다른 환자를 살피기 위해 돌아갔다.

병원으로 온 것은 차준혁과 김송우, 둘 뿐이었다.

"으음… 응?"

두 사람은 정신이 든 조제윤에게 가까이 다가섰다.

"괜찮으십니까?"

"누구……?"

조제윤은 차준혁을 모르는지 눈만 비비며 물었다.

김송우는 실례라고 생각했는지 다급하게 설명해주었다.

"조 실장! 이번에 우리 제약회사를 인수한 모이라이의 차준혁 대표님일세!"

"아… 제가 TV를 안 봐서요……."

정말 모르는 눈치였다. 차준혁은 호들갑이던 다른 연구원들과 다른 그를 편하게 생각할 수 있었다.

"몸은 좀 어떠십니까? 의사 선생님에게 듣기로는 심장 수술 경력이 있다고 하던데요."

"가끔씩 이럽니다. 아, 그보다 배가 고픈데요. 밥 좀 사주시면 안 됩니까?"

"조 실장!"

다짜고짜 밥부터 찾는 그의 행동에 차준혁은 자신도 모르게 웃음이 터져 나왔다.

"하하하. 수액도 거의 다 맞았으니 그러시죠."

"아싸!"

조제윤은 그대로 일어나 머리를 긁적이며 다가섰다.

"여기 제성병원이죠? 그럼 근처에 맛있는 순대국밥 집

이 있습니다.”

“아시는 곳이 있다면 그 가게로 가죠.”

할미네 순대국밥

세 사람이 자리를 잡고 앉자 메뉴를 시킬 것도 없이 세 그 릇의 순대국밥이 앞에 놓였다.

조제윤은 허겁지겁 먹기 시작해 순식간에 비워냈다.

“괜찮으시다면 제 것도 드시죠.”

차준혁은 그가 여전히 배가 고파 보였기에 숟가락도 대 지 않은 자신의 순대국밥을 내밀었다.

“감사합니다.”

2그릇째도 만만치 않게 빨랐다. 30분 만에 모두 해치운 조제윤은 배를 두드리며 의자에 몸을 기댔다.

“아… 이제 좀 살겠다!”

“그렇게 배가 고프셨으면 좀 쉬면서 하시죠.”

차준혁의 물음에 조제윤은 휴지로 입부터 닦았다.

“제가 한 번 집중하면 다른 걸 생각하지 못해서요. 그보 다 분석을 맡기셨던 약환! 그거 정체가 뭡니까?”

한순간이지만 목숨이 위험할 때까지 연구하던 조제윤은 그동안 궁금했던 것을 물었다.

“지인께서 민간약제법으로 만든 환입니다. 신경에 진정

효과를 주는 것으로 압니다."

"민간약제법으로 말입니까? 하지만 그 약환은…….

"분석은 끝났다면 양산 가능성은 어떨 것 같습니까."

머릿속이 복잡해진 조제윤은 대답하지 않고 깊이 생각에 잠겼다.

그러다 두꺼운 뿔테안경을 손가락으로 올리며 말했다.

"양산… 양산… 이걸 만드신 분이 누구십니까?"

"그건 말씀드릴 수 없습니다."

"임상실험을 해봐야 확인할 수 있겠지만 일단 예상된 진정 효과와 더불어 진통 효과까지 상당할 것으로 보입니다."

분석을 맡긴 약환은 차준혁이 매일같이 복용 중인 진화환(鎭火丸)이었다. 현재도 부작용 없이 계속 복용 중이니 임상실험은 마친 것이나 다름없었다.

"그럼 식약청이나 FDA의 승인도 받을 수 있겠군요."

"하지만 진정 효과가 너무 클 겁니다. 이 약환 하나면 광분한 투견조차 순식간에 진정시킬 것입니다. 거기다 진통 효과까지 있으니 엄청난 것이죠."

비유가 적절한지는 모르지만 극한의 살기조차 가라앉히니 의미는 비슷했다.

"효과는… 좀 낮출 필요가 있겠군요."

지금의 약환은 차준혁이기에 움직이며 사용할 수 있는

것이다. 다른 사람이라면 복용하고 제대로 움직이기도 힘들 것이다.

"이미 만들어진 약환인데 약품특허권에 대해서는 괜찮은 겁니까?"

"제조자에게는 이미 허락을 받아놨습니다."

진룡사의 진명스님은 출가하기 전까지 의사였다. 그렇기에 진화환이 유익하게 쓰이는 것을 흔쾌히 승낙했다.

"그렇다면 아까 말씀하신대로 가능합니다."

진화환은 이미 만들어진 의약품이었다. 물론 재료의 밸런스를 맞춰 약의 효능을 줄여보고 충분한 임상실험까지 필요했다.

"됐군요. 조제윤 연구실장님이 책임지고 양산화시켜주세요. 그리고 김송우 사장님께서는 신약공동개발에 필요한 연구부실장을 뽑아주세요."

"아, 알겠습니다."

빠른 의논과 함께 모든 결정이 이뤄지자 김송우는 얼떨떨한 표정을 지었다.

그 시각 MR제약에 남아 있던 신지연, 구정욱, 주경수는 멀뚱한 표정으로 잠금장치 부분이 부서진 철문을 지켜보았다.

"이걸 부수고 열 줄이야……."

"그러게요……."

아무리 다급한 상황이라 해도 인간이 보여주기 힘들 정도의 힘이었다.

"이럴 때는 차 대표가 정말 사람이 맞나 싶군."

그는 경영 능력과 더불어 한순간에 인간을 뛰어넘는 힘까지 보여주었다.

"먼저 이 문부터 수습해야겠네요."

"사람을 부르겠습니다."

주경수는 지시라 생각하고 자리를 벗어났다.

"조제윤 연구실장은 괜찮을지 모르겠군."

"방금 전에 통화했어요. 순대국밥 2그릇을 비우고 약환에 대해 양산화하기로 결정까지 했다 하네요."

"빠르군. 이제부터 다시 바빠지겠어."

구정욱은 몸을 풀듯이 기지개를 켰다.

이에 신지연도 이해가 되는지 살짝 한숨을 내쉬었다.

∞

[MR텔레콤의 첫 출시제품 Moirai—W1. 예약 구매자를 포함하여 출시와 동시에 판매량 1,000만 돌파!]

[MR제약회사와 세인트메디슨컴퍼니. 신약공동개발 발표로 인한 주가 급상승!]

[모이라이가 세상을 또다시 놀라게 했습니다. 스마트폰이라 불리는 차세대 핸드폰을 출시와 동시에 1,000만 대 판매! 그와 더불어 미국에서 큰 소동을 일으킨 세인트메디슨컴퍼니와 신약공동개발을 발표하기에 이르렀습니다.]

곧이어 더욱 중요한 뉴스가 뒤이어 흘러나왔다.

[해명그룹의 3남 박원준 씨에게 강간살인 사건의 대해 징역 16년의 판결이 내려졌습니다. 재판부는 살인을 저지르고, 범죄 사실을 은폐 및 조작함과 더불어 반성의 기미가 보이지 않아 죄질이 무겁다고 발표했습니다. 이어서 탈세와 불법자금운용으로 기소를 받은 해명그룹의 오명숙 씨는 징역 5년의 판결이 나왔습니다.]

모이라이의 모든 주식들이 급등했다.

특히 W1의 생산초기물량이 동나면서 약 6조 2천억이라는 매출을 기록했다. 그중 40%의 양산비용을 제외한다면 3조 7억 정도의 순수익이 남았다. 거기다 지금까지도 2차 구매를 원하는 고객들이 줄을 섰다.

"모두 건배!"

차준혁은 겉치레를 좋아하지 않지만 이번만큼은 모이라

이의 전 직원들을 모아 파티를 열었다.

당연히 로드페이스 서울지사를 포함해 MR건설, MR텔레콤, MR제약의 계열사직원들도 모두 포함되었다. 물론 사람이 너무 많아 각 회사 로비를 꾸며 행사장으로 만들어 축하했다.

"이런 일은 꿈도 꾸지 못했군."

모이라이 본사 로비도 마찬가지였다. 거기서 구정욱은 국정원이었다가 세탁소 사장님으로 전락했던 자신의 모습이 꿈만 같았다.

"열심히 해주신 덕분이죠."

차준혁은 그의 모습에 살짝 미소를 지었다.

"그것만이 아니네. 박원준을 드디어 교도소로 처넣을 수 있었으니 말이야."

"박원준은 안에서도 절대 편히 지내지 못할 겁니다."

권력과 돈이 있는 집안이면 교도소에서도 제재하지 못하는 경우가 있었다. 하지만 차준혁은 그런 일이 생기지 않도록 겨레회를 통해 법무부에 손을 써놓았다.

"하지만 아직 해명그룹이 남지 않았나."

"조만간 무너뜨려야죠."

천성건설 때와 달리 해명그룹은 덩치가 너무 거대했다. 물론 뒤에서 계속 준비했지만 부족한 부분이 많았다.

"모두 차 대표 덕분이네."

여론몰이는 도청 내용과 국민들의 불신으로 시작되었지만 확실한 증거는 별개였다. 재판에서 필요한 증거가 없었다면 해명그룹의 박원준과 오명숙을 재판받게 만들기가 힘들었다.

차준혁도 잘 알았다. 그래서 이지후를 시켜 우회 서버로 네티즌 수사대를 흔들었다.

당연히 여론몰이가 시작되었다.

그사이 차준혁은 노숙자복지재단에서 발견된 오명숙의 차명계좌들을 검찰에 흘렸다. 애초에 노숙자들을 위하다 발견된 것이라 해명그룹에서 조사해도 표면적으로 문제가 없었다. 그저 운 나쁘게 발견됐다고 여길 것이다.

"하지만 검찰에서 늦게 눈치챘다면 힘들었을 겁니다."

"난 자네가 거기까지 생각했는지도 몰랐네."

여론몰이와 도청 내용으로 조성된 범죄 가능성은 검찰을 움직이지 못하게 했다. 당연히 박원준이 돈을 쓴 흔적을 쫓아 GH케피탈을 찾아냈다.

거기서 최근에 수집된 차명계좌를 떠올리고 검찰도 찾아본 것이다. 흔적들은 적나라하게 남아 있었다. 그때부터 검찰은 불도저같이 밀어붙여 범죄를 증명해냈다.

구정욱은 그런 성공에 건배를 원하듯이 잔을 들었다.

"모두의 덕분이죠. 제가 한 일이라고는 계기를 제공한 것뿐입니다."

"그렇게 말하면 직원들이 재수 없다고 생각할 걸세."

주가가 급등함에 따라 차준혁이 보유한 모이라이의 주식의 가치도 엄청나게 올라갔다. 상속도 아닌 자력으로 번 것으로 치자면 차준혁의 또래에서는 찾기가 힘들었다.

"좀 그러려나요."

차준혁은 웃으면서 술을 들이켰다. 그러던 중에 사람들 사이를 헤치며 다가오는 이들이 있었다.

"오빠!"

여동생인 차준희와 부모님이었다.

"이제 온 거야?"

"아빠가 주차하는데 차가 너무 막혀서."

"그러게 차를 따로 보내준다고 했잖아."

차 정도는 어렵지 않게 준비할 수 있었다.

그러나 부모님이 따로 가겠다고 거절하셨다.

"난 그런 대접, 그다지 좋아하지 않는다. 그리고 우리 집에도 차가 있는데 뭘 얻어 타겠냐."

"당신도 참……!"

어머니가 아버지의 어깨를 치면서 말렸다.

"오빠! 축하해!"

"준혁아. 정말 축하한다. 당신도 한마디 해줘요."

"큼큼! 축하한다."

반면에 아버지는 헛기침과 함께 축하의 말을 흘렸다.

"아버님! 어머님! 준희야!"

"지연이 언니!"

그사이 행사상황을 파악하고 돌아온 신지연이 그들을 반기며 다가왔다. 파티는 더욱 흥겨워질 수밖에 없었다.

"차 대표!"

신지연이 가족들을 맡는 사이에 두 중년이 차준혁에게 말을 걸었다. 명천그룹의 임진환 회장과 JW물산의 정재원 회장이었다. 두 기업은 모이라이와도 동맹관계였으니 참석 초대장으로 보냈다.

"정말 축하하네. 이번에도 대박을 냈군."

"핸드폰 사업의 혁명이라니… 이럴 줄 알았으면 우리 JW물산도 뛰어들 걸 그러했네."

임진환과 정재원도 한마디씩 덕담해주며 차준혁의 어깨를 두드렸다.

"덕분에 여기까지 올 수 있었습니다."

"우리는 조금 도와줬을 뿐이지. 제대로 이룬 것은 자네의 힘이지 않나."

"맞네. 오히려 우리가 살았다고 할 수 있지."

명천그룹의 경우에는 골드라인에게 배제되면서 무역선으로 인해 큰 위기를 맞이했다. 그것을 모이라이가 로드페이스를 통해 도와줘 회생할 수 있었다.

지금도 명천그룹과 JW물산의 건설계열사는 콩고민주공

화국으로부터 건설수주를 받았다.

분쟁이 완전히 끝난 콩고민주공화국은 발전밖에 할 것이 없으니 계속해서 건물을 지어댔다. 당연히 건설사로서는 일이 끊이지 않을 수밖에 없었다.

"회장님들께서도 독식하지 않고 하청업자들에게 일을 나눠주시지 않습니까."

"늙어서 배운 기업윤리이지! 허허허! 그렇지 않습니까? 정 회장님."

"맞습니다. 임 회장님."

그 와중의 시끄럽게 놀던 사람들의 시선이 차준혁과 두 회장에게 향해 있었다.

국내기업 중에서 거의 독주하다시피 주가를 상승시키는 기업들의 수장들이니 이목이 집중된 것이다.

"저희는 자리를 옮기는 것이 좋겠군요."

"그러게 말이네."

"어째 우리가 주인공 같군."

다들 차준혁의 말을 이해했는지 걸음을 옮겨 인파를 헤쳐 지나갔다. 그와 동시에 무슨 아우라가 퍼지는 것처럼 사람들도 길을 내주듯이 비켜주었다.

"……."

천익의 홍주원은 신약공동개발이 발표부터 불신감이 조성될 줄 알았다. 그런데 무난하게 시작되자 말을 잊지 못하고 뉴스만 쳐다봤다.

"이거… 상황이 안 좋게 돌아가는군요."

맞은편에 앉은 이팽원 본부장도 표정이 좋지 못했다.

"움직이지 않으려 했지만 이런 상황이라면 어쩔 수 없겠습니다."

"어르신께 승낙을 받은 겁니까?"

이팽원은 중요한 시기에 그가 독단으로 움직일 것 같아 걱정되었다.

"아시다시피 세인트메디슨과 모이라이에 대해서는 제게 전권을 주셨습니다. 그리고 이 정도의 일쯤은 알아서 해결해야죠."

"어쩌려는 겁니까?"

현재 모이라이는 국민들의 지지를 받았다. 잘못 건드렸다가는 오히려 의심을 불러일으킬지도 몰랐다.

"일단은 잠잠해진 일부터 다시 터뜨리면 됩니다."

홍주원은 세인트메디슨에서 길버트가 추진했던 불법임상실험을 건드릴 생각이었다. MR제약이 세인트메디슨과 공동개발하기로 한 신약이 같은 것이기 때문에 분명히 타격을 줄 수 있었다.

"하지만 그 방법은 우리 천익이 새롭게 손잡은 임원에게도 피해 가능성이 있지 않습니까."

"피해가 있어도 노먼 회장만 무너뜨리면 전부 해결될 일입니다."

노먼 회장의 부활은 천익에게 있어 커다란 장벽과도 같았다. 오히려 먼저 무너뜨려야 새로운 계획을 빠르게 진척시키는 데 도움이 되었다.

"잘 해결되길 바라죠."

대화를 마친 이팽원은 홍주원의 사무실을 나섰다.

혼자가 된 홍주원은 핸드폰을 꺼내들었다.

통화는 길지 않았다. 누군가와 약속을 잡고 곧장 준비를 위해 자리에서 몸을 일으켰다.

홍주원이 도착한 곳은 교외에 위치한 음식점이었다. 그 주위로 천익의 경호원들이 배치되더니 철저하게 경비를 섰다.

잠시 후, 중년의 사내가 들어서서 홍주원의 맞은편으로 자리를 잡고 앉았다.

"그간 어찌 지내셨습니까. 박 회장님."

해명그룹의 박해명 회장이었다. 한동안 아내인 오명숙과 막내아들 박원준 때문에 골치가 아팠는지 얼굴이 수척해져 있었다.

"힘들었지만 좀 나아졌습니다."

"다행이군요. 웬만큼 일이 처리되었다면 슬슬 움직여야 하지 않을까 싶습니다."

"예의 건에 대해서 말이군요."

상당히 수상한 대화가 시작되었다.

그 때문인지 박해명의 표정도 굉장히 심각해졌다.

"우리를 위한 준비입니다. 그렇기에 절대로 실수가 있어선 안 됩니다."

홍주원은 그 말과 함께 테이블 위로 서류를 내밀었다. 안에는 여러 기업들의 이름이 리스트로 작성되어 있었다.

"역시 천익의 정보력이로군요."

뒷장의 서류에는 지금까지 천익에서 경호를 맡았던 기업들의 정보가 적혀 있었다. 주식시장에서 약점이나 호재가 될 수 있는 정보들도 가득했다. 해당 기업으로서는 엄청난 타격이었다.

"이번 일에 관해서 기밀엄수를 해줄 것입니다."

홍주원은 확신에 찬 얼굴로 미소를 지어 보였다.

"다들 어르신의 사람들인가 보군요. 하지만 손실이 만만치 않을 텐데… 괜찮은 겁니까?"

"은혜를 입었으면 갚는 것이 당연한 이치겠지요."

이번 계획은 거액의 자금을 만들기 위해서였다. 물론 해명그룹의 자본이라면 상당한 자금 준비가 가능했다.

하지만 계획의 필요한 자금은 예상치보다 높았다. 그래서 천익이 관리해 오던 기업들의 주식변동을 이용해 거금을 만들 계획이었다. 반면 박해명은 살짝 걱정되었다.

"정말 괜찮겠습니까?"

아무리 충성하는 사람이라도 부당함은 느낄 수밖에 없기 때문이다.

박해명이 다시 대답을 바라자 홍주원은 고개를 저었다.

"아무리 충성스런 개라도 주인을 물지도 모르죠. 그런 개를 위해 주인은 뭘 하는지 아십니까?"

"조련을 시키지 않습니까."

"하지만 조련으로도 되지 않는 개들이 있죠. 그래서 공포를 심어줍니다. 주인을 물려고 할 때마다 떠올릴 그런 공포로 말이지요."

홍주원은 섬뜩한 미소를 지었다. 고된 인생 끝에 그룹을 이뤄낸 박해명조차 한순간 오싹함을 느낄 정도였다.

"명줄이라도 잡아 놓으신 겁니까?"

"비슷한 것이라고 할 수가 있죠. 해명그룹에서는 이번 일로 이익만 보시면 됩니다."

천익과 이어진 기업들은 한둘이 아니었다. 전국에만 백여 개의 중소기업들로 퍼져 있었다. 말 그대로 티끌모아 태산이었다. 거기서 주가조작으로 이윤만 제대로 뽑아낸다면 어마어마한 자금이 모일 수 있었다.

"흔적이 남지 않도록 페이퍼컴퍼니는 미리 준비해뒀습니다. 만약 꼬리가 잡혀도 문제가 없을 것이니 걱정은 안 하셔도 좋습니다."

박해명은 그의 말을 이해하며 입을 열었다.

"직접 움직여주시니 좋군요. 앞으로도 문제가 생기지 않으려면 이래야 할 것입니다."

"그보다 모이라이는 어쩌실 겁니까? 저번에 말씀하신 대로라면 천익에게도 상당한 불이익을 안겨줄지 모르지 않나요?"

천익은 세인트메디슨을 노리고 있었다. 그리고 모이라이가 우연찮게 방해한다고 생각했다.

하지만 모이라이의 주식은 현재 매일매일 상한가를 쳤다. 차세대 핸드폰을 출시한 것으로도 모자라 신약개발에도 손을 뻗었으니 주주들의 기대심이 클 수밖에 없었다.

박해명은 그에 대해서도 들어 화두를 옮기며 물었다.

"손을 쓰려 합니다."

"저희가 도와드릴 일은 없는지요."

해명그룹도 모이라이로 인해 여러 사업에서 손실을 입었기 때문이다. 이미 경제의 대세는 모이라이에게 기울었다고 해도 과언이 아니었다. 거기다 해명그룹은 최근 박원준의 강간살인 사건과 오명숙의 탈세, 뇌물수수, 범죄조작으로 상당한 피해를 입었다.

물론 연결점을 끊어 그룹의 피해를 최대한 감소시켰지만 그만큼 소비된 자금도 만만치 않았다. 만약 여기서 흐름을 끊지 못하면 해명그룹은 계속 침체기일 것이다.

"일단은 부탁드린 일만 잘 부탁드립니다. 도움이 필요할 때에 말씀드리죠."

"알겠습니다."

두 사람은 그렇게 대화를 마치고 일어났다.

밖에는 여전히 천익의 경호원들도 가득했다. 그 사이로 홍주원과 박해명은 각자의 차에 올라탔다.

MR제약의 신약공동 프로젝트가 진행되고 3달 정도가 지났다. 제약회사들의 걱정과 국민들의 기대심은 점점 커져만 갓다. 그러던 중에 엄청난 소식이 전해졌다.

[MR제약과 세인트메디슨컴퍼니가 진행 중인 신약공동 개발에 큰 문제가 생겼습니다. 이번 신약 프로젝트는 지난 미국에서도 불법임상실험으로 문제가 되었던 프로젝트였다고 합니다. 모이라이 측에서는 이번 일에 대해 정식절차를 따라 성명을 발표하겠다고 전했습니다.]

"차 대표가 예상한 대로 되었군."

차준혁의 사무실이었다.

구정욱은 TV의 전원을 끄며 말을 이어 나갔다.

"앞으로가 문제인데 어찌할 생각인가? 그보다 이런 방법으로 나올 줄이야……."

그의 말처럼 지금까지는 차준혁도 충분히 추측했던 상황이었다. 물론 해결방법도 미리 모색해두었다.

"이번 일은 아마도 천익에서 터뜨린 것이겠죠. 그리고 예정했던 대로 사실을 발표할 생각입니다."

"국민들이 그걸로 납득할 수 있을까?"

자리에는 지경원도 같이 참석해 있었다.

"구 상무님의 의문처럼 납득되기 힘들 수도 있습니다. 만약 그렇게 될 시에는 프로젝트도 전면 중단시켜야 합니다."

지경원은 냉정하게 상황을 분석하여 구정욱의 의견에 동조했다. 물론 차준혁도 알고 있는 사실이었다.

"방안은 거의 다 준비되었습니다. 그러니 걱정하지 않으셔도 됩니다."

"무슨 방법을 말인가?"

아직 정확한 계획을 듣지 못한 구정욱이나 지경원은 고개를 갸웃거렸다.

"아피솔라젠의 대한 임상 결과가 FDA에서 통과되었습

니다.”

진화환의 효능을 낮추고 개량해 아피솔라젠이라는 이름을 붙였다. 그런 소식에 다들 놀란 표정이었다.

“그게 통과되었단 말인가?”

“언제 소식이 들어왔습니까?”

두 사람은 처음 듣는 소식이기에 깜짝 놀랄 수밖에 없었다. 물론 제약에 관한 FDA의 승인이 쉽게 떨어지기는 힘들었다. 하지만 차준혁은 방법을 만들었다.

콩고민주공화국에도 MR제약의 지사를 세워 임상실험을 진행했다. 그리고 노먼 회장을 통해 FDA의 심사를 최대한 앞당겼다. 약효는 차준혁의 육체와 조제윤의 연구로 입증되었으니 어렵지 않았다.

“엊그제 밤입니다. 최대한 비밀리에 들어와야 할 정보라 제가 직접 받았습니다. …추가적인 방법은 또 있죠.”

차준혁은 그 대답과 함께 서류를 내밀었다.

아피솔루젠의 승인과 같이 전해진 FDA서류였다.

“어떻게 무마시키겠단 것인지 알겠군.”

서류를 확인한 구정욱은 차준혁의 계획을 이해했는지 고개를 끄덕였다.

그때 노크 소리가 울리더니 신지연이 들어섰다.

“대표님. 기자회견 준비가 끝났습니다.”

다들 모인 자리였기에 신지연의 목소리는 평소보다 차분

했다.

"그럼 다녀오겠습니다."

"잘하고 오게."

"대표님. 수고하십시오."

구정욱과 지경원이 격려의 말을 해주었다. 차준혁은 자리에서 일어나 신지연과 같이 사무실을 나섰다.

기자회견장은 모이라이 본사 1층 로비였다.

수많은 기자들이 로비를 가득 채웠다.

잠시 후, 차준혁이 엘리베이터에서 내리자 엄청난 양의 플래시가 터졌다.

파파파박! 파팍! 파팍!

차준혁은 그대로 단상 위에 올라갔다. 그 뒤로 침묵이 이어지며 플래시 소리도 간간히 울려 퍼졌다.

"흠! 흠! 모이라이의 대표직을 맡고 있는 차준혁이라고 합니다. 이번 소식으로 상심이 크실 것입니다."

회견이 시작되자 기자들의 표정은 더욱 진지해졌다.

"일단 저희 쪽에서 드리는 자료부터 확인해보시죠. 2일 전 FDA에서 임상실험 과정을 인정한 이번 신약에 대한 서류입니다."

장내가 술렁거리더니 기자 한 명이 손을 들며 물었다.

"이 서류가 진짜입니까? MR제약은 창업된 지 얼마 되지

244

도 않았잖습니까."

평균적으로 신약개발에 대한 FDA승인은 10~15년 정도 걸렸다. 아무리 개발과정에 문제가 없다고 인증한 서류이지만 빨라도 너무 빨랐다. 거의 불가능에 가까웠다.

"그것과 더불어 지금 보실 서류는 MR제약에서 단독으로 추진 중이었던 신약에 대해서입니다."

양쪽에서 대기 중이던 홍보부 직원들이 재빨리 움직여 줄줄이 앉은 기자들에게 아피솔라젠의 FDA승인 서류를 나눠주었다.

기자들은 그 서류를 보고 더욱 놀랐다. 웅성거림은 더욱 커지며 너도나도 질문을 던지기 위해 손을 들어댔다.

"자세한 설명 부탁드립니다!"

"어떻게 신약개발을 빨리 승인받은 것입니까?"

"미리 계획된 것입니까?"

빗발치는 질문에 차준혁은 천천히 기자들을 둘러보며 말을 이어갔다.

"정리해서 말씀드리면 세인트메디슨컴퍼니와 공동개발 중인 신약은 임상실험과정에서만 문제된 것입니다. 그 외에 신약의 자체 효능은 아무런 문제가 없었다고 말씀드리고 싶었습니다."

1차적인 답변이 끝나자 흥분한 기자들의 질문공세가 다시 시작됐다.

차준혁은 한 기자를 가리키며 질문을 받았다.

"약의 효능에 문제가 없었다면 세인트메디슨에서는 어째서 불법임상실험까지 감행했던 겁니까?"

"해당사건의 주범인 길버트 맥도널이 몇몇 투자기업과 모종의 거래를 했던 것으로 확인됐습니다. 현재 조사과정이 진행 중이지만 이에 길버트 맥도널이 거래에 대한 기한을 지키기 위해 무리수를 둔 것입니다."

사람들은 충격을 받았다. 길버트 맥도널은 자신의 사리사욕을 채우기 위해 엄청난 수의 사람들을 희생양으로 삼았기 때문이다.

"증거는 있는 겁니까?"

"미국 정부에서도 조사 중입니다. 곧 발표가 날 것이니 기다리시면 알게 되실 겁니다."

그 뒤로 기자들을 납득시키기는 어렵지 않았다.

FDA에서 인증까지 받은 독자 개발한 신약까지 있었으니 신뢰도가 높아졌다. 차준혁은 회견으로 설명을 이어 나가며 미소 지을 수밖에 없었다.

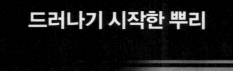

드러나기 시작한 뿌리

모이라이의 주식관리부서는 매일매일 국내의 주식변동 현황을 확인한다. 오늘도 9시부터 장이 열리자 다들 바쁘게 움직였다.

"이제 어제 장의 현황을 분석한 것인가?"

주력투자부서 팀장이었던 송재운은 이제 주식관리부서 부장이 되어 서류를 확인했다.

그 서류는 전일까지 변동된 주식들을 분석한 자료였다.

"자잘한 변동들이 좀 많았어요."

그렇게 대답한 김지희는 그와 같이 부서를 옮겨와 과장이 되었다. 지금은 전일과 월간 동안 움직인 주식현황을 송재운과 같이 확인했다.

"흠… 요새 계속 이러지?"

"변동된 폭이 크지는 않지만 몇 주간 계속 이랬어요. 크게 문제는 없을 텐데요."

"아니야. 여기 나온 기업들은 지금까지 주가가 거의 고정적이었어. 이렇게 움직일 리가 없잖아."

뭔가 심상치 않다고 여긴 송재운은 자신이 부장으로 승진하기 전의 기록들도 확인해봤다. 부장에 된 지 얼마 되지 않았기 때문이다.

"역시 이상해. 거의 4개월 전부터 이랬잖아."

"너무 예민하신 것 아닌가요? 그 정도 폭은 경제침체로 일어날 수도 있잖아요."

모이라이가 급부상함으로 인해 경쟁업체들은 그만큼 하락세를 보였다. 그러나 송재운은 그 문제가 아닌 상승폭이 이해되지 않았다.

"난 보고를 올리고 올 테니 그동안 내가 집어준 기업들의 주식거래현황 좀 뽑아줘."

동시에 송재운은 펜으로 백여 개의 기업명을 체크했다.

"이걸 전부 다요?"

엄청난 수였기에 김지희는 혀부터 내둘렀다.

"부탁 좀 할게!"

그 말을 끝으로 송재운은 지경원 본부장의 사무실을 찾

왔다. 문 앞에 앉은 비서가 그를 보며 일어섰다.

"본부장님께서는 대표님 사무실에 가셨습니다."

"아, 그렇습니까? 그럼 나중에……."

"중요한 사항이시라면 바로 대표님 사무실로 가셔도 괜찮습니다."

모이라이에서는 어떤 사항이든 신속하게 직접 보고하도록 되어 있었다. 그렇기에 비서도 아무렇지 않게 말했다.

"아무리 그래도……."

임원도 아닌 평직원이 차준혁의 사무실을 두드리기에는 문턱이 너무 높았다. 송재운은 그런 부담감에 서류를 슬쩍 뒤로 숨겼다.

"본부장 비서실입니다. 주식관리부서 송재운 부장님이 보고할 것이 있다고 합니다."

그사이 비서는 송재운의 의사도 묻지 않고 대표비서실로 전화를 넣었다.

"저, 저기!"

"지금 올라가시면 됩니다. 그리고 본부장님께서 어떤 보고든 바로 확인할 수 있도록 연락을 넣으시라고 지시하셨습니다."

"크윽… 알겠습니다."

통화가 끝났으니 올라가지 않을 수 없었다.

송재운은 터벅터벅 걸음을 옮겨 엘리베이터로 향했다.

똑똑.

사업에 대해 이야기하고 있던 차준혁과 지경원은 문 쪽으로 고개를 돌렸다.

"주, 주식관리부서 소, 송재운입니다."

대표실로 들어온 송재운은 어찌나 긴장했는지 말까지 더듬어댔다.

"반갑습니다. 정식으로 보는 것은 처음이군요. 송재운 부장님."

"여, 영광입니다!"

차준혁이 일어나 악수를 권하자 식은땀까지 흘렸다.

"그보다… 어떤 보고입니까?"

지경원이 그에게 물었다.

"주식시장의 주가변동이 심상치 않아 보고를 드리러 왔습니다."

"그래요?"

지경원은 그에게 서류를 받아들고 살펴봤다. 그의 말대로 상당한 기업들의 주가변동이 이상해 보였다.

"확실히 이상하네."

"대표님이 보셔도 그렇습니까?"

차준혁은 지경원과 같이 확인하며 잠시 고민했다. 송재운이 느꼈던 주식변동의 위화감이 들었기 때문이다.

'이 기업들은 천익으로 자금을 넘겨주던 곳들인데.'

예전에 입수한 정보에 있던 현황이었다. 차준혁은 그것을 떠올리며 지경원에게 가까이 다가가 소곤거렸다.

"정보팀으로 가서 따로 알아봐야 할 사항일 것 같다."

"제가 도와드릴 일은 없습니까?"

"주식동향만 계속 파악해줘."

"알겠습니다. 대표님."

차준혁은 그렇게 말한 뒤 송재운을 보았다.

"중요한 것을 알아내주셔서 고맙습니다. 앞으로도 잘 부탁드립니다."

여전히 얼어 있던 송재운은 큰 목소리로 대답했다.

"가, 감사합니다!"

"그럼 저는 중요한 일이 있어서 나가보겠습니다. 지 본부장은 잘해주고."

"걱정 마십시오."

밖으로 나간 차준혁은 신지연과 눈이 마주쳤다. 외출이란 깨닫자 신지연도 다이어리를 챙겨 자리에서 일어났다.

두 사람은 그렇게 엘리베이터로 올라타 정보팀이 있는 지하로 내려갔다.

"무슨 일이 있나요?"

"천익에서 다른 움직임을 보이고 있는 것 같아요."

차준혁이 그녀에게 서류를 보여줬다. 그러나 그녀는 이

해되지 않는지 괜히 차준혁의 옆구리를 찔렀다.

"설명을 해줘야죠."

"아, 예전에 제가 천익에서 털어왔던 기업정보들 알죠? 그 기업들의 주식변동이 심해요."

"주식은 원래 왔다 갔다 하잖아요."

틀린 말은 아니었다. 그녀의 고개가 갸웃거리자 차준혁은 설명을 이어 나갔다.

"양산제품이 고정적이거나 사업이 안정화된 기업들은 이럴 수가 없어요. 그렇지 않은 곳이라고 해도 서류의 내용처럼 변동이 일어나기 힘들고요."

그사이 엘리베이터는 정보팀이 있는 지하층에 도착했다. 여전히 대외적으로 비밀인 곳이었다.

"여~ 왔냐! 웬일이야?"

정보팀 중앙 책상에 앉아 있던 이지후가 두 사람을 반겼다.

"올 서치로 저번에 천익에서 털어온 정보들 좀 띄워 봐. 그리고 최근 주식동향에서 해당기업의 주식동향을 겹쳐봐줘."

"오랜만에 내려와서 하는 일이 일거리 던져주기냐?"

"빨리 하기나 해."

차준혁이 재촉하자 이지후는 서류를 입력시키면서 중앙화면에 요청한 사항들을 띄웠다.

"역시… 내가 기억한 것들이 맞았네."

"주식은 좀 기다려봐."

타다다닥! 타다닥! 탁!

준비가 완료되자 화면이 나눠지며 주식동향이 분석된 목록들이 그래프로 정리되었다.

"역시 심해도 너무 심한데? 혹시 저기서 발생된 차익들도 확인할 수 있어?"

질문과 함께 이지후의 손가락이 움직였다.

결과가 나오는 데는 그리 오래 걸리지 않았다.

"휘우~ 한 달에 평균 150억의 차액이 나왔네. 4달이면 600억? 이거 완전히 날로 먹겠다는 거잖아."

"저대로 현금화시켰다면 진짜 날로 먹었다는 거겠지. 누군지는 알 수 있겠어?"

"계속 시켜먹기만 하네!"

이지후는 투덜대면서도 이미 움직이고 있었다. 조금은 어려운 일인지 화면이 코드로 바뀌면서 빠르게 지나갔다.

"개인과 기업이 뒤섞여 있네. 수가 만만치 않을 것 같은데?"

"전부 다."

"쳇! 이건 노예가 따로 없다니까."

화면의 목록들이 이어지며 조사한 사항들이 모두 떠올랐다. 차준혁은 초감각을 일으켜 증폭된 시력으로 확인했다.

'이것들은 썼던 방법을 또 써먹어대는군. 방법이 저것밖

에 없는 건가?'

이번에도 차명의 계좌가 이용되었다. 물론 주식투자이
기 때문에 입출금도 그 계좌를 통해 이동되고 있었다.

"정말 식상한 녀석들이네."

이지후도 눈치챘는지 책상에 놓인 과자를 입에 집어넣으
며 말했다.

"들통이 나지 않았다고 생각하는 걸 거야. 그리고 나중
에 들켜도 꼬리만 자르면 흔적이 남지 않으니까."

차명계좌의 이점은 최종적으로 자금이 입금된 계좌의 주
인에게 뒤집어씌울 수 있다는 것이다. 천익에서도 그 사실
을 알기에 방법을 바꾸지 않았을 가능성이 컸다.

"저번에 김태선에 대해 알아보라던 것은 어떻게 됐어?
나온 것이 좀 있었어?"

"기다려봐."

다시 화면이 바뀌자 국회의원 김태선에 대한 기록들이
떠올랐다. 태어난 곳에서부터 입양되기 전, 후의 행적까
지 모조리 나와 있었다.

"정식으로 입양되기 전까지는 태백에 있는 하람 고아원
에서 지냈어?"

"걸리는 거라도 있어?"

차준혁은 그의 질문에 대답하지 않고 신지연을 봤다.

"지연 씨. 사업상으로 태백에 방문할 만한 이유를 만들

수 있을까요?"

"태백에요? 음…….."

강원도에 있는 지역 중에서 깊숙한 곳에 해당되었다. 사업적으로 투자한다든가 도움을 주기 위한 명분이 부족했다.

"태백하면… 고랭지 배추가 유명하지 않나?"

"배추? 하지만 그걸로는 많이 부족한데……."

현재 차준혁의 행보는 대한민국에서 큰 관심사였다.

함부로 움직이면 천익 쪽에서 이상하게 생각할 수 있으니 의심을 지울 만한 이유가 필요했다.

"그런데 갑자기 태백은 왜요? 혹시 직접 거기로 가서 조사해보려는 거예요?"

신지연은 차준혁의 의도를 예상했지만 솔직하게 바라는 눈치가 아니었다. 차준혁이 언제나 위험한 일에 먼저 뛰어드니 걱정될 수밖에 없었다.

"다른 사람에게 맡기면 안 될 것 같아요."

"왜요?"

"몇 번을 확인해 달라고 요청했는데 고작 이런 정보뿐이잖아요."

태백은 천익의 김정구가 살고 있는 지역이었다. 그런데 김태선이 태어난 곳과 입양가기 전 지냈던 곳이 같았다.

차준혁은 그것이 마음에 걸렸다.

"알았어요. 일단 방법을 찾아볼게요."

"잘 부탁해요. 그리고 지후야. 넌 지금 확인한 기업들 주식동향에 따라붙어."

이지후는 귀를 더욱 쫑긋 세웠다.

"위에서 안 움직이고?"

주식은 이제 담당부서에서 움직였다. 이지후도 그런 이유로 주식을 움직인 지 오래되었다.

"녀석들도 불법적으로 주가를 조작하는 걸 거야. 거기에 대외적으로 따라붙었다간 잘못될 수 있어."

"아하! 그럼 돈을 벌면 되나?"

천익은 현재 주식으로 자금을 마련했다. 거기에 동참한다면 크지는 않더라도 얼마만큼의 수익은 보장되었다.

하지만 차준혁이 노리는 수는 그것이 아니었다.

"아니. 쓸어 담아서 고꾸라뜨려. 그리고 가능하다면 예전에 만들어놨던 페이퍼컴퍼니로 인수해."

"그 회사들은 전부? 하지만 돈이 얼마나 들어갈 줄 알고 그렇게 해?"

한두 개도 아니고 백여 개나 되는 회사들이다. 그곳들을 전부 들쑤시려면 한 곳당 수십억은 족히 들었다.

"자금은 비축용으로 모아둔 것을 쓰면 되잖아."

초창기에 운용했던 페이퍼컴퍼니의 자금을 말함이었다.

그중에 하나는 모이라이의 지주회사로 대부분의 주식을 보유하고 있었다.

"알았어. 나야 시키는 대로 하는 거지만… 괜히 돈지랄 하는 것 같아 찜찜하다."

"천익에게 직접적인 타격을 입히기 위해서야. 이런 방법까지 쓸 정도면 궁지에 몰렸다는 것이니까. 우리도 조금은 피해를 감수해야지."

주가조작으로 검찰 쪽에 찔러 넣기에는 증거도 불충분했다. 거기다 꼬리 자르기로 마무리 짓는다면 차명계좌 운용 방법까지 바꿀지 몰랐다. 차준혁은 그 방법이 마지막이라 생각하고 천익에게 큰 타격을 입힐 생각이었다.

"OK! 그럼 난 시작한다!"

이지후는 손가락 마디에서 소리를 내고 화면을 주식거래 사이트로 전환했다.

정신없는 모이라이와 달리 IIS국장 주상원은 예전보다 붐비기 시작한 본부 안을 천천히 돌아다녔다.

사무실을 들를 때마다 요원들은 그에게 경례를 올려댔다. 갑작스런 그의 방문에 다들 깜짝 놀란 눈치였다.

"나는 신경 쓰지 말고 할 일들 하시게."

"알겠습니다."

뭔가 뿌듯함이 느껴지는 모습이었기 때문이다. 겨레회

는 오랜 세월 동안 침체기를 겪었다. 그러다 기연과도 같은 차준혁의 도움으로 위기를 극복할 수 있었다.

"여긴 웬일인가?"

그가 무술 수련관에 들어서자 감독하고 있던 유중환 사범이 다가왔다.

"회의까지 시간이 좀 남아 돌아다녀보는 중입니다."

"그런가? 오랜만에 여유가 생겼나보군."

유중환은 벽에 걸린 시계를 확인했다. 그도 참석하기로 한 회의이기에 시간이 남았다는 것을 알았다.

한동안 IIS는 차준혁의 작전을 백업해주며 자체적으로 천익에 대해 조사하느라 정신이 없었다.

물론 성과도 있었다. 차준혁이 천익의 서버를 털어준 덕분이지만 나름대로 분석하여 구조를 추측해냈다.

반면에 근래에는 모이라이가 독자적으로 움직이다보니 IIS도 천익에 대한 조사만 집중하게 되었다.

"요즘 요원들의 훈련은 어떻습니까?"

"준혁군이 실전감각을 심어줘서인지 다들 빠릿빠릿하다네. 특히 미국 작전에 투입됐던 이들 때문인지 다른 요원들이 그걸 알고 부러워하는 눈치더군."

유중환의 말처럼 차준혁의 백업을 했던 요원들의 실력은 일취월장했다. 무술 실력까지는 아니었지만 실전을 겪다보니 긴장감이나 자세가 남달라졌다.

"여러모로 차 대표가 IIS에 도움을 주는군요."

"참으로 대단한 사내이지. 누구보다 한발 앞서 있는 것 같아. 선견지명을 가졌다고 해야 하나?"

IIS에서 무술사범만 하던 유중환도 바깥소식은 꾸준히 접할 수 있었다. 당연히 차준혁이 이루는 사업에 관한 소식도 듣게 되었다.

그때마다 유중환은 감탄사를 터뜨릴 수밖에 없었다.

"한편으론 누구보다 의문이 가득한 사내죠. 솔직히 차 대표가 아니었다면 천익에 대해서도 몰랐을 테니 말입니다."

천익은 차준혁이 김태선의 후원금을 통해 기지회를 찾아내면서 밝혀졌다. 그것도 모이라이가 대대적인 거리개발을 빌미로 시작해 기지회를 밀어내지 않았다면 알아내기 힘들었다.

"허허허! 사실 난 천익에 대해 전혀 몰랐으니 뭐라 할 말이 없군."

"그럴 만도 하시죠. 저도 겨레회에 들어오기 전까지 그랬으니 말입니다."

겨레회의 숙적인 친일파 조직은 최근까지 제대로 된 정체가 드러나지 않았다. 유중환도 IIS에 와서 그 교육을 받았을 때는 깜짝 놀랄 수밖에 없었다.

"헌데… 오늘은 무슨 회의이기에 나도 참석하라는 것인가?"

지금까지 회의에는 원래 무술사범이었다가 부사범이 된 김도성이 참석했다. 그가 부사범이면서 현장요원관리부장도 겸하고 있었기 때문이다.

　"1차적으로 천익의 하청기업에 대한 조사를 마친 사항과 이번에 모이라이에서 넘어온 정보에 대한 논의입니다."

　"그거라면 김도성 부사범만 들어가도 되지 않나."

　틀린 말은 아니었지만 주상원도 생각한 바가 있었다.

　"이번 회의에는 연륜에 대한 의견도 필요하기에 참석시킨 것입니다."

　"흠… 이 늙은이의 세월이 도움된다면 다행이지."

　"시간이 거의 다 되어 가는군요."

　뒤로 시간을 확인한 김도성이 다가왔다.

　그렇게 세 사람은 회의가 예정된 장소로 향했다.

　잠시 후, 회의실에는 참석이 요청된 IIS의 수뇌부들이 모두 모였다. 그리로 삼면의 벽이 화면으로 바뀌더니 14명의 얼굴들이 나눠져서 떠올랐다.

　척!

　그와 동시에 유중환을 제외하고 착석했던 이들이 모두 일어났다. 정중앙에 겨레회의 장로 중 한 명이자 대한민국 대통령인 노진현이 있었기 때문이다.

　다들 사회적인 위치상 쉽게 움직일 수 없다보니 화상회

의로 진행된 것이다.

[반갑습니다. 중요한 자리이긴 하지만 너무 딱딱한 분위기도 좋지 못하니 편히 앉으시죠.]

그의 부드러운 목소리에 다들 자리에 앉았다.

[다들 아시다시피 우리 겨레회는 오랜 세월을 달려왔습니다. 그리고 급속도록 발전해 IIS를 조직화시켰고, 염원하던 친일파의 꼬리까지 찾아냈습니다.]

설명이 이어지자 모든 이들의 표정은 굳건해졌다.

그의 말처럼 힘겨운 세월을 지내왔다는 자부심이 있었기 때문이다.

[물론 우리 힘만으로 가능하지는 않았습니다. 같은 뜻을 가진 이를 만나 지금처럼 이루게 되었죠. 그만큼 우리는 이 기회를 놓치지 말아야 할 것입니다.]

각오를 다지는 목소리에 더욱 진지해진 사람들은 주상원에게 시선을 돌렸다. 그의 차례가 된 것이다. 주상원도 그것을 아는지 자리에서 일어나 앞으로 걸어 나갔다.

"회의를 시작하겠습니다. 일단 기본적인 사항으로 IIS의 요원시스템 재정비에 대해서입니다."

주상원이 설명을 시작했다. 말한 대로 IIS의 요원 종류를 나누는 것에 대한 사항이었다.

"사회에서 활동하는 겨레회원은 GRAY, 본부요원들은 WHITE, 특수임무요원은 BLACK으로 나뉩니다."

간단한 설명에도 미리 받은 보고서가 있기에 이해할 수 있었다. 그렇게 시스템이 정비되며 IIS도 자체적인 기반을 다져갔다.

"그밖에는……."

말을 이어가려 하자 노진현이 끼어들었다.

[자체적인 운영은 주상원 국장께서 알아서 하세요. 그 때문에 본래 자리에서 퇴직까지 했잖습니까. 그보다 더 중요한 논의 사항이 있으니 시작하시죠.]

"알겠습니다."

주상원은 중앙에 화면을 바꿨다. 천익에 대해 파악된 사항들이 화면에 나열되며 사람들의 시선을 끌었다.

"현재까지 파악된 천익의 하부기업들은 총 125개. 규모는 그룹까지가 아니더라도 상당히 안정적인 매출이 발생하는 기업들입니다."

[그럼 천익에서는 그곳으로부터 오랜 기간 자금을 상납받았다는 것이겠군요. 기업에서는 뭔가 약점을 잡힌 것입니까?]

규모가 상당한 기업들까지 매달 엄청난 금액을 비자금으로 만들어 천익에게 바쳤다. 그들의 입장에서는 당연히 이해되지 않았다.

"저희도 처음에는 그렇게 생각했으나 기업의 창립 기준점부터 조사한 결과 특이한 부분이 발견되었습니다."

[그게 뭡니까?]

노진현의 물음에 중요한 내용을 미처 듣지 못했던 장로와 간부들은 의문을 가졌다.

"창업 멤버들을 조사하니 당시 정체불명의 자금이 투자된 공통점이 있었습니다."

[공통점이라면… 그 출처가 모두 같다는 말입니까?]

의문이 가중되면서 분위기가 더욱 무거워졌다.

주상원도 그 사실을 알았을 때는 누구보다 놀랐기에 급격히 바뀐 공기를 이해할 수 있었다.

"기업이 아닌 개인이 차명계좌를 이용해 넣은 자금이었습니다. 거기서 올 서치 프로그램을 사용해 지난 자금의 흐름을 찾아낼 수 있었습니다."

차명계좌는 차준혁이 노숙자 복지재단을 설립하면서 과거의 계좌까지 모두 정리했기에 알 수 있었다.

[어디였습니까?]

"흔적을 찾아보니 1948년부터 1962년까지 사채시장의 거물이라 불리던 백송이란 인물이었습니다."

그 설명처럼 백송이라 불린 사채업자는 당시 서울 뒷골목에서 모르는 이들이 없었다. 소문에는 사채로 불린 자산만 수백억에 달한다고 할 정도였다. 거기다 백송은 사채업계에서 여전히 전설처럼 전해지고 있었다.

"본명은 김제성. 1910년생으로 1962년에 은퇴 후 고향인 태백으로 귀향하여 지낸 것으로 나옵니다. 그리고 중요 참고사항으로 김제성에게 아들이 하나 있었습니다."

조사한 관계자가 아니면 모르고 있던 사항이었다. 그 탓에 IIS의 수뇌부들도 의문을 가지며 그의 대답을 기다렸다.

"아들의 이름은 김정구. 현재 겨레회의 숙적이라 결정된 천익의 대표인 임설의 남편입니다."

설명과 동시에 장내가 크게 술렁였다. 그로 인해 천익의 모체가 김제성의 사채업이었다는 것을 알 수 있었다.

물론 표면적으로 김정구는 농사만 짓는 것으로 되어 있었다. 그러나 지금 드러난 사실만 보면 절대로 그럴 리 없었다.

[김제성은 사채업으로 벌어들인 돈으로 기업들의 창업을 지원해주고, 아들인 김정구가 그 기업들에게 상납금을 받는다 이 말이군.]

노진현은 자신이 이해한 말을 중얼거리며 확인을 바랐다.

"맞습니다. 그 뒤로는 김정구가 천익을 만들고, 허수아비 대표로 아내를 앉힌 것이라 추정됩니다."

그 말처럼 천익이 만들어지게 된 배경은 어마어마했다.

부자(父子)가 2대에 걸쳐 지금의 결과를 만들어낸 것이니 엄청날 수밖에 없었다.

화상회의로 참석한 장로 중에는 임진환도 있었다.

임진환은 그의 설명을 듣고 처음으로 입을 열었다.

[기업적인 측면에서 본다면 기반은 상당히 튼튼하겠군

요. 무너뜨릴 방법은 있는 겁니까?]

"검은 돈에 대한 투자문제는 이미 법적인 시효가 지나 건 드리기가 힘듭니다. 그나마 방법이 있다면 기업들이 상납 금을 만든 비자금 정도일 겁니다."

나쁘지 않은 방법이지만 결국 천익을 직접 건드릴 수는 없었다. 거기다 상납된 방식도 기업의 자금 소비에 의한 것이라 법적으로 거론시키기 힘들었다.

[만만치 않겠군요.]

"일단 기업의 비자금에 대한 증거들은 계속 수집 중입니 다. 하지만 모조리 무너뜨리기에는 국가경제에 큰 타격을 주게 되니 문제가 됩니다."

아무리 나쁜 기업이라 해도 국가경제의 일부분이다.

그것도 125개나 되는 기업들이니 잘못 건드렸다간 나라 가 흔들릴 수 있었다.

[혹시 차준혁 대표도 이번 안건에 대해 알고 있습니까?]

"아직입니다. 회의를 통해 결정이 내려지면 알려줄 생각 입니다."

회의실 안으로 침묵이 흘렀다.

머리를 모아 방법을 생각해보려 해도 마땅한 것이 없었 다. 어찌 보면 진퇴양난(進退兩難)에 처한 것이다.

"실례 좀 하지요."

고요하게 자리를 지키고 있던 유중환이 일어났다.

[유중환 사범님이시군요. 저희를 도와주시는데 따로 인사를 드리지 못해 죄송합니다.]

노진현도 무술로 유명한 유중환에 대해 잘 알기에 화상으로 고개를 숙였다.

"아닙니다. 그보다 늙은이가 이번 일에 한마디 얹어 보려 하는데… 괜찮겠습니까?"

[말씀하시죠.]

다들 유중환을 존경하기에 조용히 기다렸다.

"어지럽고 더러운 세상에서 홀로 깨끗하고 정신이 맑아 봤자 무슨 소용이 있겠습니까. 그러니 결국은 쳐내야 할 독이라면 무엇이 걸리든 쳐내야지요."

[독청독성(獨淸獨醒)으로는 소용없다는 말씀이시군요. 하지만 피해를 전부 감수하기엔 규모가 너무 크지 않습니까.]

배운 사람들이라 그런지 어려운 말이 오갔다.

유중환도 그 대답의 의미를 알지만 생각한 바가 있었다. 그래서 미소를 지어 보이며 대답했다.

"썩은 나무는 땅까지 썩게 만들 테지요. 그걸 알면서도 놔둔다면 그 땅에서 난 모든 것들이 누굴 병들게 하겠습니까?"

무술가라서 그런지 우회가 없었다. 적을 상대함에 있어 필요하다면 돌진만 있을 뿐이었다.

하지만 다른 이들에게는 굳이 무술가의 입장으로서만 생각하기 힘들었다. 오히려 장로들이나 간부, IIS의 수뇌부

들까지 겨레회의 중요한 신념을 깨닫고 있었다.

[무슨 방법이든 어떻게 마음먹기에 따라 다르다는 것이군요. 유 사범님의 말씀은 잘 알겠습니다.]

천익은 대한민국의 중요 부위에 기생충처럼 들러붙어 위협했다. 무턱대고 제거할 시에는 위험하기 때문에 두려움이 느껴졌다. 유중환은 그런 두려움을 느낀 이들에게 중요한 현실을 직시하라고 일깨워준 것이다.

"늙은이의 말이 도움되었다면 다행이군요."

노진현은 잠시 눈을 감고 생각하다가 말을 이었다.

[다들 어떠십니까? 저는 겨레회의 장로와 대통령을 떠나 대한민국을 위해 움직일 것입니다.]

"동의합니다!"

"저도 동의합니다!"

한 사람씩 외치던 목소리가 점점 모여들었다.

이내 모든 이들이 자리에서 일어났다.

누구도 빠짐없이 노진현의 결정에 따르기로 했다.

[그럼 결정이 났군요. 주상원 국장께서는 우리의 결심을 차준혁 대표에게도 전해주세요. 그들을 직접적으로 무너뜨려야 한다면 임진환 장로와 그의 힘이 필요할 것입니다.]

"알겠습니다."

주상원도 그 말을 이해하며 대답하고는 필요한 사항을 적어 나갔다.

[그보다 차준혁 대표의 행보가 상당하던데… 어찌 된 영문인지 아시는 분이 계십니까?]

미국에서의 일과 제약회사에 대한 물음이었다.

물론 미국의 일은 IIS요원들도 같이 움직여서 보고를 받았다. 그러나 뒤의 일은 아직 설명을 듣지 못한 상황이었다.

"회의에서 같이 말씀드리려 했습니다."

[어떤 사항이죠?]

"천익은 세인트메디슨의 길버트와 관계를 맺어 신약개발에 투자하고 있었다고 합니다. 차준혁 대표의 추측으로는 천익이 그 신약을 이용해 일을 꾸민 것이라 했습니다."

뭔가 애매한 설명에 노진현은 다시 물음을 던졌다.

[증좌는 있는 겁니까?]

"개발 중이던 신약은 기간을 앞당기기 위한 불법임상실험만 없었으면 무사히 FDA의 인증을 받았을 것이라 합니다."

[그럼 천익이나 길버트 맥도널이 무리한 이유가 있다는 의미이겠군요.]

천익의 입장에서는 멀쩡히 개발 가능했던 신약을 무리수로 망쳐버린 꼴이었다. 그 정도라면 확실한 증거가 아니라도 상당한 의미가 있었다.

"모이라이에서 괜한 움직임을 보였을 리는 없다고 생각합니다. 지금까지 그가 보여준 만큼 우리도 신뢰를 가지고 같이 움직여야 할 것입니다."

노진현이 고개를 끄덕였다. 지금의 IIS도 차준혁이 손수 나서주지 않았다면 불가능했기 때문이다.

그러니 이제와서 차준혁을 믿지 못할 수는 없었다.

[맞는 말이군. 아까도 말했다시피 IIS의 최종 권한은 구상원 국장 자네에게 있네.]

다른 장로들도 동의한 사항이기에 아무런 반발도 하지 않았다.

"감사합니다. 나라를 위해 최선을 다하겠습니다."

주상원은 그 말과 함께 모두에게 고개를 숙였다.

[이번에 모이라이에서는 전국 고아원 및 지방분교를 위한 복지재단을 설립 및 지원을 발표했습니다. 재단의 이름은 은가람 복지재단으로, 순우리말인 은은히 흐르는 강이라는 의미라고 합니다. 모이라이는 아이 및 청소년들이 아무런 걱정도 없이 성장하길 바란다면 이번 재단을 설립한 것이라고 설명했습니다.]

태백으로 향하는 차 안이었다. 신지연은 자신이 계획한 은가람 복지재단에 대해 자랑하듯이 말했다.

"모이라이에서도 이런 일을 많이 하면 괜찮지 않을까 생각했어요."

"앞으로도 이쪽의 일은 지연 씨가 맡아줘요. 차라리 재단이사장을 맡아보는 건 어때요?"

그 대답에 신지연이 깜짝 놀라 눈을 크게 떴다.

"제가 재단이사장을요?"

"어차피 비영리재단이라 돈을 벌지 않아도 되니까요. 경영보다는 복지에만 신경 쓰면 되잖아요."

원래 신지연은 겨레회의 입장에서 차준혁을 감시하기 위해 비서가 되었다. 그러나 이제 차준혁의 신뢰가 인정되었으니 굳이 비서가 아니어도 되었다.

"저는 하지 않아도 괜찮아요."

"해보고 싶지 않아요?"

차준혁은 진심으로 물었다. 이번에 은가람 복지재단을 준비하면서 그녀가 적극적인 모습이었던 것이 떠올랐기 때문이다.

"한 번 해보고 싶기는 하지만… 이런 방식으로는 아니에요. 그리고 저는 아직 비서 일이 좋거든요."

"알았어요. 그래도 나중에 생각이 바뀌면 말해요."

그렇게 이야기를 주고받는 사이 태백에 가까워졌다.

어느새 시내에 들어서더니 방문을 예정한 고아원으로 향했다. 은가람 복지재단이 설립되면서 본사의 대표가 직접 몇몇 고아원과 지방분교를 방문하기로 한 것이다.

사실 진짜 목적은 김태선이 어린 시절을 보냈던 하람고 아원을 조사하기 위해서였다. 그래서 태백에 오기 전에 경기도권의 고아원들을 몇 군데 들르면서 왔다.

  이번이 6번째였다. 대외적으로 평범한 시찰로 보이기 위해 진짜 돌아다닌 것이다.

  "잠깐만 저쪽 슈퍼 앞으로 차를 세워주세요."

  "과자가 아까 떨어졌죠?"

  차가 세워지자 신지연은 차준혁과 같이 내렸다.

  "아까보다 더 넉넉하게 사야겠어요."

  두 사람은 슈퍼로 들어가 기본적인 생필품과 아이들이 먹을 만한 과자나 음료수 등을 잔뜩 구매해서 나왔다.

  하람 고아원은 태백역에서 차로 넉넉잡아 30분 정도 걸리는 심포마을에 있었다. 고아원 앞마당에 차준혁이 탄 고급 승용차가 도착하자 아이들이 호기심 가득한 얼굴로 우르르 달려나왔다.

  하지만 아이들은 쉽게 다가서지 못하고 머뭇거렸다.

  그 사이로 50대 초반의 여인이 걸어 나왔다.

  하람 고아원의 원장인 이선애였다.

  "어서 오세요. 원장인 이선애라고 해요."

  이선애는 자신을 소개하며 고개를 숙였다.

  "반갑습니다. 차준혁이라 합니다."

  "대표님의 비서인 신지연이라고 해요. 그보다 아이들이

정말 귀여워요."

두 사람도 그녀에게 인사를 건네며 다가섰다. 신지연은
주위로 몰려든 아이들의 볼을 어루만지며 좋아했다.

동시에 운전석과 조수석에 앉아 있던 두 사내가 고아원
입구 쪽으로 향했다. 보안요원인 정진우와 이원호였다.
이번 업무는 아동복지재단의 관한 것이다보니 최소한의
인원으로 경호를 맡은 것이다.

"저들은 신경 쓰지 않으셔도 됩니다. 제 경호를 맡은 이
들이라 좀 날카로워 보이실 겁니다."

"그렇군요. 일단 안으로 들어가시죠."

이선애가 안내하려 하자 주변을 살피면 두 사람이 트렁
크에 있던 생필품과 아이들의 간식부터 꺼내주었다.

차준혁과 신지연은 이선애를 따라 고아원 안으로 들어갔
다. 내부는 아이들이 그린 그림으로 장식해놨고, 거실이
나 침실도 아기자기한 것이 아이들도 좋아할 분위기였다.

그런 내부를 확인한 두 사람은 이선애의 사무실인 원장
실로 들어가 앉았다. 원장실 또한 아이들의 그림으로 벽면
이 가득 채워져 있었다.

"아이들이 그림 그리는 것을 좋아하나보군요."

차준혁은 크레파스로 그려진 알록달록한 그림들을 보며
물었다.

"그림은 아이들에게 창의력을 키워주니까요."

방금 전 웃고 있던 아이들의 표정에는 문제가 없어 보였다.

"학교는 인근 분교를 다니고 있겠군요."

"맞아요. 학생 수는 대부분이 고아원 아이들이지만 선생님도 좋은 분이라 잘 다니고 있죠."

아이들이 행복하다는 것을 강조한 이선애의 대답에 차준혁은 궁금했던 것을 떠올렸다.

"여기 있는 아이들은 모두 몇 명이죠?"

"음… 얼마 전에 입양된 아이들을 빼면 67명이네요."

"지방의 작은 고아원치고는 상당한 수네요."

강원도에는 약 10개의 고아원이 있었다.

하람 고아원을 제외하고는 평균 40명 정도였다.

은가람 복지재단을 설립하면서 집계된 정보였으니 특이한 케이스로 생각되었다.

"다른 지방에서 옮겨 오는 아이들도 있으니까요. 그리고 시장님께서도 관심을 가져주셔서 불편 없이 지원을 받고 있거든요."

"그건 다행이네요. 아이들이 잘 먹고, 잘 커야 좋은 어른이 될 테니까요."

신지연은 조용히 있다가 이선애의 말에 공감했다.

그러나 차준혁은 이상하게 생각되는 부분이 있었다.

"중학생 이상으로 보이는 아이들은 안 보이던데… 어디 나간 건가요?"

방금 전에 본 고아원 아이들은 아무리 많게 봐야 초등학생 이하였다.

"여기 있는 아이들은 대부분 중학생이 되기 전에 입양되어요. 그렇지 않은 경우는 시내에 있는 중학교에 다니기 위해 고아원을 옮기죠."

근처 학교는 도계초등학교 심포마을 분교뿐이었다.

중학교를 가려면 시내로 나가야 하니 아이들의 입장에서는 나쁘지 않았다.

"물론 옮겨진 아이들은 가끔 놀러오기도 해요. 여기 아이들이랑 정도 많이 쌓였으니까요."

시내에서 차로 30분 정도 거리에, 버스도 있었으니 가능했다. 차준혁은 그녀의 말에 고개를 끄덕였다.

"아, 그러고 보니 요즘 차기 대권주자로 떠오른 김태원 의원님도 여기 출신이라고 알고 있는데. 맞나요?"

"당연하죠. 모두들 어떻게 알았는지… 한동안 기자들이 들락거리느라 정신도 없었어요."

김태선의 출신 고아원은 인터넷에서도 쉽게 찾을 수 있었다. 어릴 때 입양되어 변호사에 이어 국회의원, 거기다 차기 대권주자까지 되었으니 유명할 수밖에 없었다.

"혹시 친부가 찾아왔다던가 하지는 않던가요?"

"…예?"

너무 노골적인 질문이었는지 이선애는 깜짝 놀라면서 말

을 잇지 못했다.

"엄청나게 유명한 사람이 되었으니 혹시 모르지 않을까 해서요."

"그런 일은… 없었어요. 저도 기록을 보고 알았지만 김태선 의원님은 양부가 사망하고 저희 고아원으로 왔거든요."

주변에 인척관계가 없으면 충분히 가능한 설명이었다. 그러나 차준혁은 지금까지 듣고 보며 느낀 것이 있어서 믿지 않았다.

'저 그림들… 형식이 너무 비슷해. 거기다 내가 질문을 던졌을 때 원장의 눈동자가 흔들린 걸 보면 분명 뭔가 숨기고 있어.'

먼저 아이들이 그렸다고 한 그림들이 문제였다.

아직까지 아동심리학이 유명해지기 전이라 잘 아는 사람이 없었지만 차준혁은 요원 훈련 중에 배운 적이 있었다.

전형적인 가족을 바라는 아이들의 그림은 형태가 대부분 비슷했기 때문이다.

누군가 예시를 보여주고 그린 것처럼 보였다.

당연히 아이들의 심리상태가 고스란히 드러나지 않는 그림들이니 더욱 수상할 수밖에 없었다. 물론 차준혁은 그런 생각을 드러내지 않고 말을 이어 나갔다.

"그랬군요. 제 질문이 실례가 되었다면 정말 죄송합니다."

"아니에요. 누구나 그런 관심을 보일 수 있잖아요."

이선애는 다시 마음을 가다듬었는지 평온한 얼굴로 대답했다.

"이곳에 대해서는 잘 살펴봤습니다. 재단의 지원은 아이들의 나이와 인원 등을 고려하여 월 단위로 생활 지원금이 지급될 것입니다."

"정말 감사합니다. 모이라이가 아이들을 위한 복지재단을 세워주셔서 더욱 좋아질 것 같아요."

차준혁과 신지연은 자리에서 일어나 원장실을 나섰다.

마당에는 정진우와 이원호가 아이들에게 둘러싸여 있었다. 간식을 나눠주자 아이들은 좋은 사람이라고 인식했는지 빨리 가까워진 듯했다.

"볼일은 마치셨습니까?"

아이들과 놀아주던 정진우는 차준혁이 밖으로 나오자 이원호와 함께 다가왔다.

"일단 분교와 인근 고아원도 들러보죠. 그보다 정말 공기가 좋네요."

"오랜만에 느긋하게 업무를 도시는 것이니 쉬엄쉬엄하세요."

신지연은 무리해서 일하는 차준혁을 걱정하며 휴식을 부추겼다.

"그렇다면 주변을 천천히 둘러보다 갈까요?"

태백에서는 도시처럼 기자들도 없었다. 귀찮아질 일은

없을 것이라 생각하고 그의 결정대로 움직이기로 했다.

다들 차에 올라탔다. 그러자 친해졌다고 생각했던 아이들은 아쉬운 눈치를 보였다.

"너희들도 잘 지내고 있어라."

"빠이~! 빠이~! 또 놀러와!"

아이들은 손을 흔들어주며 그들을 보내줬다. 차에 올라탄 차준혁은 얼굴에서 미소를 지우고 입을 열었다.

"상당히 수상한 곳이네요."

"어떤 부분이요? 제가 볼 때는 평범한 고아원이던데요. 정 팀장도 그렇게 생각하지 않으세요?"

신지연은 차준혁의 대답에 의아해하며 조수석에 앉은 정진우에게 물었다.

"저도 문제가 없어 보였습니다. 아이들도 착하고 활발했고요."

물론 차준혁도 표면적으로는 그렇게 봤다.

하지만 안에서 본 그림의 특성이나 이선애 원장의 반응 말고도 다른 문제점을 발견했다.

"고아원 안에 감시카메라가 설치되어 있었어요. 겉으로는 티가 나지 않았지만 커다란 인형이라든가 벽에 걸린 그림, 시계 등 곳곳에 말이죠."

"정말요?"

차준혁은 초감각으로 증폭된 시력으로 찾아냈다. 누가 봐도 수상해 보였지만 카메라와 눈을 마주치지 않고 아무렇지 않게 행동했다. 그의 설명에 정진우는 추측하며 물었다.

"우리가 방문한다고 해서 설치한 것일까요? 하지만 그걸 대체 누가……?"

"아닐 겁니다. 그 정도의 카메라가 설치되어 있다면 원장도 한패라는 말인데… 굳이 우리 모습을 그런 걸로 확인할까요?"

"설마 아이들을 감시하기 위해 카메라를 설치했다는 말이에요?"

카메라는 아이들이 자는 침실부터 거실, 원장실, 화장실까지 모든 공간에 설치되어 있었다. 그 정도로 꼼꼼하다면 안에서 지내는 사람을 감시하기 위해서였다.

"무슨 이유가 있겠죠. 일단 지후한테 하람 고아원 아이들의 기록을 찾을 수 있을지 알아봐 달라고 해야겠어요. 모조리 다요."

"도대체 아이들을 왜……."

신지연은 그 귀여운 아이들을 왜 감시하고 있는지 이해되지 않았다. 그래서 더욱 걱정되었다.

"지연 씨. 차차 알아볼 거예요. 일단 우리는 김정구가 산다는 마을로 가보죠."

"멀지 않은 곳이라 앞으로 15분 정도만 더 가면 도착할 겁니다."

이원호는 그렇게 답하고는 운전에 집중했다. 김정구의 마을도 태백역에서 멀지 않은 곳이었다. 계속해서 도로를 달리던 중에 차준혁은 뭔가를 발견할 수 있었다.

"방금 보인 길은 뭐죠?"

도로 한쪽으로 샛길이 뚫려 있었다. 그런데 입구는 사유지라는 간판과 함께 철조망이 세워져 누구도 지나갈 수 없도록 막혀 있었다. 아까도 차준혁의 눈에 띄었다. 위치를 보면 길이 산 안쪽으로 나 있는 것 같았다.

"돌아가서 확인해볼까요?"

이미 차준혁의 차는 그 샛길을 지나쳐 앞으로 나아가고 있었다.

"아니요. 먼저 마을로 가보죠."

차준혁은 묘한 느낌이 들자 이번에 모이라이에서 발매한 W1 스마트폰을 꺼내들었다.

일반제품과 같아 보였지만 안에 장착된 성능은 온통 최신 기술이었다. 그는 스마트폰의 화면을 켜서 위성지도를 확인할 수 있는 지도 프로그램을 실행시켰다.

"뭘 보려고요?"

"뭔가 미심쩍어서 확인해보려고요."

지역을 입력하고 샛길의 안쪽으로 화면을 이동했다. 그런데 길은 뚫려 있는데 중간부터 끊겨 있었다.

"…응?"

마치 군부대의 위치가 위성지도상에서 지워진 자국처럼 되어 있었다. 그러나 위치상 생각한다면 군부대가 있을 만한 곳도 아니었다. 애초에 입구가 철조망으로 막혀 있으니 절대로 그럴 수가 없었다.

"잠깐만요."

차준혁은 곧바로 이지후에게 전화를 걸었다.

—무슨 일이야?

"통동 318—1. 그쪽으로 나 있는 길과 안쪽 부지에 뭐가 있는지 확인 좀 해줘."

—내가 등기소냐?

"조금 미심쩍은 일이라서 그래. 빨리 부탁한다."

통화를 마친 차준혁은 이상한 예감에 사로잡혔다.

솔직히 그냥 지나쳐도 될 것처럼 보였지만 태백이 김정구와 김태선이 관련된 곳이었기 때문이다. 그렇기에 사소한 것이라도 놓치고 싶지 않았다. 거기다 나중에 다시 방문하기에는 더 눈에 띌 수 있기에 될 수 있으면 지금 확인하려고 했다.

차는 계속 달려 김정구가 사는 마을에 도착했다.

상당히 한적한 마을이었다. 가옥들도 논을 사이에 두고 듬성듬성 지어져 여유가 느껴졌다. 길 한쪽으로 차를 세우고 모두 밖으로 나왔다.

"보통 시골 동네와 다르지 않네요."

신지연이 동네를 보며 중얼거렸다. 그사이 차준혁은 언덕진 곳에 세워진 전통가옥으로 시선이 향했다.

미리 알고 있던 김정구의 주소지였다.

"저번 보고서에 특별한 점은 없다고 했죠?"

"맞아요. 며칠 감시했지만 김정구는 농사만 지을 뿐이고, 가끔 찾아오는 아내와 임원들과 만날 뿐이라고 했어요."

보고에 대해서는 신지연도 알고 있기에 말을 덧붙이며 대답했다.

"흠… 임설은 허수아비고, 김정구가 진짜 천익의 주인이라면 분명 뭔가 할 것 같은데… 이상하게도 흔적이 안 보이네요."

세 사람은 이원호만 차에 남기고 길을 걸었다. 혹시나 보고에서 놓친 것이 있을지도 몰라 확인하기 위해서였다.

"딱히 특별한 것은 없군요."

몇몇 집을 지나치는데 정진우가 보기에도 딱히 중요해 보이는 것이 없었다.

"제가 볼 때는 충분히 이상한데요."

"뭐가요?"

"뭐가 말입니까?"

두 사람이 이해하지 못한 표정으로 되물었다.

"지금까지 지나친 집에 세워진 차들 말입니다."

"차요? 고급 승용차였잖아요."

시가로는 거의 1억에 가까운 차들이었다. 상당한 가격이기 때문에 시골 사람들이 구매하기는 힘들었다.

"이 동네랑 그런 차가 어울리는 것 같아요?"

차준혁은 그렇게 말하면서 한 집으로 걸음을 옮겼다.

"실례합니다."

"누구시오……?"

안에서 나이가 지긋한 어르신이 얼굴을 내밀었다.

"지나가던 사람인데… 물을 좀 얻어 마실 수 있을까 해서요."

그 말에 노인은 천천히 일어나 물을 떠다주었다.

"감사합니다. 어르신."

"별말을 다 하시네. 그보다 차림새가 고급진 걸 보니 서울에서 오셨남?"

"예. 서울에서 왔습니다. 그보다 앞에 세워진 차요. 어르신 차인가요?"

다른 집들처럼 노인의 집 앞에 세워진 차도 족히 수천만 원이나 하는 차량이었다.

"아, 우리 집 장남이 사줬어. 가끔 내가 몰기도 하고, 그녀석이 와서 타지."

"아드님이 뭘 하시는데요?"

노인은 한동안 적적했는지 그 질문을 받자마자 아들에 대해 자랑하기 시작했다.

"우리 아들은 서울 뭐더라⋯ 아! 진성이란 회사에 다녀! 연봉도 억 단위라던가?"

"진성이면⋯ 금속을 다루는 회사죠?"

차준혁도 알고 있는 회사였다. 그리고 천익에서 주식으로 자금을 마련하는 회사 중에 하나라는 것도 기억해냈다.

"맞아. 거기서 전무던가? 그렇지!"

"아드님 나이가 어떻게 되는데요?"

"오십넷이지."

그 나이에 임원이라면 적당한 시기였다. 하지만 김정구와 김태선을 조사하러 온 동네에서 천익과 관계된 회사 이름이 나왔다. 우연이라고 하기는 뭔가 석연치 않은 구석이 많았다.

"어르신 동네를 걷다보니 다들 잘 사는 것 같던데요. 자제분들이 대단하신가 봐요."

차준혁은 더욱 자랑을 부추기며 노인의 대답을 기다렸다.

"이 동네가 운이 트여서 그래!"

"운이요?"

"동네 애들 중에 서울대학이랑 대기업에 취직 못한 녀석들이 하나도 없어. 다들 대성해서 우리들 뒷바라지까지 해주니 트여도 제대로 트였지."

부추김에 시작된 노인의 자랑은 그칠 줄을 몰랐다.

"그것뿐인 줄 알아? 그 뭐시냐⋯ 아! 법대면 법대, 의대면 의대! 사짜 직장도 수두룩혀!"

"와…대단하네요."

"이번에 내 손주들도 백제대학 법대에 붙었지! 암! 이 정도면 대단하지 않나!"

노인의 자랑에 차준혁은 감탄사를 터뜨렸다.

물론 속으로는 의구심이 더욱 깊어져만 갔다.

'동네 사람들이 전부 다? 이럴 수는 없잖아.'

생각을 마친 차준혁이 노인을 다시 쳐다보았다.

"어르신. 이 동네에 뭐라도 있나봐요. 어떻게 그 정도로 운이 트입니까?"

"전부 돌아가신 어르신의 은덕이 있어서겠지."

"어르신이요?"

차준혁은 설마하며 김정구를 떠올렸지만 나이 때문에 노인이 그렇게 부를 리가 없었다.

"김(金)가 성에 제(諸)자 성(聖)를 쓰시는 분이지. 그 어르신께서 돌아가시기 전에 자신의 농지를 모조리 나눠주셨거든."

"이 동네 농지를 전부 다요?"

마을이 크지는 않지만 농지만 친다면 수천 평에 달했다. 그런데 아무런 대가도 없이 나눠줬다니 차준혁은 의아한 표정을 지었다.

"저기 언덕 위에 집 보이지?"

노인은 아까 차준혁이 올려다보던 김정구의 저택을 가리켰다.

"그 어르신의 자제분이신 도련님의 집이지. 지금은 저 인근만 남아 도련님이 그 땅만 일구시며 지내신다네."

자랑으로 언성을 높이던 노인은 그의 이야기에 온화한 목소리로 바뀌었다.

"대단하신 분이네요."

"암~! 당연하지! 하지만 어르신네의 맥이 끊길까 걱정이라네."

"자식은 아예 없는 건가요?"

차준혁은 일전의 정보에서 김정구와 임설 사이에 자식이 없다는 것을 알았다. 그러나 다른 정보가 있을지 몰라 모르는 척하며 노인에게 물었다.

"사실… 도련님께 들릴까봐 쉬쉬하지만 슬하에 자식이 하나 있었다네."

"자식이요? 그런데 왜 지금은…….."

만약 자택 출산을 했다면 인근 산부인과에 기록이 남지 않았을 수도 있었다. 그런데 태어나기까지 했다면 출생신고가 되었어야 했다.

정보에는 출생신고는커녕 당시 임신 여부도 없었다.

"하늘도 참 무심하시지. 어르신이 그만큼 베푼 것을 알면서도 살펴주시길 못했어."

"사고라도 당한 건가요?"

질문이 이어지자 노인은 탄식을 금치 못했다.

뭔가 좋지 않은 일이 있었던 것 같았다.

그러면서도 말을 계속 이어 나갔다.

"태어난 지 얼마 되지도 않아 죽었다네. 듣기로는 출생 신고도 하지 못했다고 들었지. 몸이 약해서 그랬다고 하던 데… 애기 씨께서 떠올리실까 다들 쉬쉬했어."

그가 말한 애기 씨란 임설을 말함이었다.

차준혁은 그의 설명을 들으며 일부러 안타까운 표정을 지어 보였다.

"이런… 동네에 그런 사연이 있었군요. 물은 잘 마셨습니다. 제가 괜히 어르신을 귀찮게 해드렸네요."

"아닐세. 아니야. 주마다 찾아오던 아들 녀석도 요즘 바쁘다고 뜸해서 적적했어. 젊은 친구가 늙은이 수다를 들어 줘서 고맙지."

인사를 마친 차준혁은 신지연과 정진우를 데리고 바깥으로 나왔다.

〈다음 권에 계속〉